宋金鼎　编著

词苑心影

中州古籍出版社
·郑州·

图书在版编目（CIP）数据

词苑心影/宋金鼎编著. —郑州：中州古籍出版社，2018.9
ISBN 978-7-5348-7910-4

Ⅰ.①词… Ⅱ.①宋… Ⅲ.①宋词-鉴赏 Ⅳ.①I207.23

中国版本图书馆 CIP 数据核字 (2018) 第 146500 号

出版　中州古籍出版社
　　　地址　河南省郑州市经五路 66 号
　　　电话　0371-65788693
印刷　河南新华印刷集团有限公司
版次　2018 年 9 月第 1 版
印次　2018 年 9 月第 1 次印刷
开本　148 毫米×210 毫米　1/32
印张　7.25 印张
定价　20.00 元

1998年,王蒙先生在"中国李商隐研究会第四届年会"上给作者的题字。

前 言

现实生活是文艺百花生长的土壤。唐代盛行歌舞,句型整齐的绝句已经不适应歌舞的旋律起伏,于是一个新的文学形式,便应时而生。这就是"合之管弦"的长短句,即词。词的产生是歌舞促成的。每当一个新的文学形式出现并形成时,总要涉及有关的代表人物,词在形成过程中所涉及的代表人物,就是李商隐与温庭筠。

李商隐(812～858),字义山,号玉谿生,今河南博爱人。他有绝世之才,却饱受党争之苦。他的坎坷人生,使他把创作的目光由外界转向自我,心境意绪成了他艺术审美与创作的主题。他把感伤变成了一种美，用艳丽琦美的文字加以表现。普通的日常生活，通过联类兴感，而寄托遥深。他的诗色彩浓艳，情致婉曲，对词的形成产生了深刻影响。（见附一：《李商隐与词》）

温庭筠（812～870），太原（今属山西）人，与李商隐齐名，时号"温李"。他出身名门，却屡试不第。自恃才学，沉溺酒色。他喜爱音乐，擅长弹琴吹笛。歌舞促成了词的产生，温庭筠成为词坛发展初期第一个写词的人，堪称婉约派的始祖。（见附二：《温庭筠与词》）

李商隐是由诗而词创作的过渡者，温庭筠则是新兴词的重要创始人。进入唐末五代，新兴词已经取代了诗的地位。

词发展到北宋，已经成为具有一代特色的文学表现形式。这些词作者大多是文人士大夫。宋代重文轻武，文人士大夫们取得了前所未有的优越地位，构成了一个有文化教养的阶级或阶层。社会的安定,经济的发展,都市的繁荣,为这些文人士大夫提供了享乐生活的条件,他们从而沉浸在世俗享乐的追求当中,为词的创作提供了空间。

特定的时代与社会决定了人们不同的艺术趣味与审美要求。"浮生长恨欢娱少,肯爱千金轻一笑?"极度的闲暇与优越条件,使他们把追求观能感受与精神享乐发展到顶峰。勾栏妓女成为被咏叹的对象,词人们的目光超不出个人悲欢离合的小范围,而重大现实题材则被放弃、冷落,甚至被搁置。心境意绪成为创作的主题而压倒一切。艺术形式的美感重于生活内容。这个时代的词作多取材日常生活,笔法风流潇洒;抒写主观意绪,追求韵味神采。

侧词艳曲展现了文人士大夫们的个性、情感与本体要求。人生有限,风月无边,他们不能诉之于诗的恋感情丝,闲愁忧怨,在词中找到了最合适的归宿。他们抒发着,咏叹着,非从胸臆中流出不肯下笔，留下了多彩多姿的词苑心影。

情感自身成为艺术展露的独立本体，艺术审美与创作的基本特征显示出来：形象大于思想，想象重于概念。感染读者的，不是外在的功业节操，而是内在的风华才情。

词家中虽有豪放一派，但始终没有成为主流，而以婉约派成为正宗。

一千多年过去了，宋词留给人们的美感，依然犹存，在人们的心中依旧荡漾着轻柔的涟漪。

目录

柳　永 /001

　　一　鹤冲天（黄金榜上）/002

　　二　雨霖铃（寒蝉凄切）/004

　　三　八声甘州（对潇潇暮雨洒江天）/007

　　四　凤栖梧（独倚危楼风细细）/009

范仲淹 /011

　　五　渔家傲（塞下秋来风景异）/012

张　先 /014

　　六　天仙子（水调数声持酒听）/015

　　七　醉垂鞭（双蝶绣罗裙）/017

晏　殊 /019

　　八　浣溪沙（一曲新词酒一杯）/020

　　九　浣溪沙（一向年光有限身）/023

　　一〇　清平乐（红笺小字）/025

宋　祁 /027

　　一一　玉楼春（东城渐觉风光好）/028

欧阳修 /031

　　一二　蝶恋花（庭院深深深几许）/032

　　一三　踏莎行（候馆梅残）/034

　　一四　诉衷情（清晨帘幕卷轻霜）/036

　　一五　蝶恋花（谁道闲情抛弃久）/038

　　一六　采桑子（群芳过后西湖好）/040

王安石 /042

　　一七　桂枝香（登临送目）/043

　　一八　千秋岁引（别馆寒砧）/045

王安国 /047

　　一九　清平乐（留春不住）/048

苏 轼 /050

- 二〇 水调歌头（明月几时有）/052
- 二一 念奴娇（大江东去）/054
- 二二 定风波（莫听穿林打叶声）/057
- 二三 卜算子（缺月挂疏桐）/059

晏几道 /061

- 二四 蝶恋花（醉别西楼醒不记）/062
- 二五 鹧鸪天（彩袖殷勤捧玉钟）/064
- 二六 鹧鸪天（小令尊前见玉箫）/066
- 二七 临江仙（梦后楼台高锁）/068

黄庭坚 /070

- 二八 清平乐（春归何处）/071

朱 服 /072

- 二九 渔家傲（小雨纤纤风细细）/073

秦 观 /075

- 三〇 踏莎行（雾失楼台）/076
- 三一 八六子（倚危亭）/078

三二　浣溪沙（漠漠轻寒上小楼）/080

三三　满庭芳（山抹微云）/082

三四　鹊桥仙（纤云弄巧）/084

赵令畤 /086

三五　蝶恋花（欲减罗衣寒未去）/087

三六　清平乐（春风依旧）/089

贺　铸 /091

三七　青玉案（凌波不过横塘路）/092

三八　芳心苦（杨柳回塘）/094

三九　浣溪沙（不信芳春厌老人）/096

四〇　浣溪沙（楼角初销一缕霞）/098

四一　思越人（紫府东风放夜时）/100

晁补之 /102

四二　盐角儿（开时似雪）/103

四三　忆少年（无穷官柳）/105

张　耒 /108

四四　秋蕊香（帘幕疏疏风透）/109

周邦彦 /111

四五　瑞龙吟（章台路）/112

四六　少年游（并刀如水）/114

四七　兰陵王（柳阴直）/116

四八　玉楼春（桃溪不作从容住）/119

四九　蝶恋花（月皎惊乌栖不定）/121

五〇　浣溪沙（楼上晴天碧四垂）/123

五一　关河令（秋阴时晴渐向暝）/125

五二　六丑（正单衣试酒）/127

毛　滂 /130

五三　惜分飞（泪湿阑干花着露）/131

叶梦得 /133

五四　点绛唇（缥缈危亭）/134

五五　虞美人（落花已作风前舞）/136

汪　藻 /138

五六　点绛唇（新月娟娟）/139

陈 克 /141

　　五七　菩萨蛮（赤栏桥尽香街直）/142

　　五八　谒金门（愁脉脉）/144

李元膺 /146

　　五九　洞仙歌（雪云散尽）/147

李之仪 /149

　　六〇　卜算子（我住长江头）/150

周紫芝 /152

　　六一　鹧鸪天（一点残红欲尽时）/153

　　六二　踏莎行（情似游丝）/155

李清照 /157

　　六三　如梦令（昨夜雨疏风骤）/158

　　六四　醉花阴（薄雾浓云愁永昼）/160

　　六五　凤凰台上忆吹箫（香冷金猊）/162

　　六六　声声慢（寻寻觅觅）/164

　　六七　武陵春（风住尘香花已尽）/166

岳　飞 /168

　　六八　满江红（怒发冲冠）/169

陆　游 /172

　　六九　卜算子（驿外断桥边）/173

范成大 /175

　　七〇　蝶恋花（春涨一篙添水面）/176

辛弃疾 /178

　　七一　菩萨蛮（郁孤台下清江水）/179

　　七二　摸鱼儿（更能消几番风雨）/181

　　七三　青玉案（东风夜放花千树）/183

　　七四　鹧鸪天（枕簟溪堂冷欲秋）/186

姜　夔 /188

　　七五　暗香（旧时月色）/189

　　七六　疏影（苔枝缀玉）/191

　　七七　长亭怨慢（渐吹尽枝头香絮）/193

吴文英 /195

　　七八　浣溪沙（门隔花深梦旧游）/196

七九　贺新郎（乔木生云气）/198

八〇　唐多令（何处合成愁）/201

结束语/203

附一　李商隐与词/205

附二　温庭筠与词/209

附三　小令忆梦/212

柳　永

柳永（987～约1053），字耆卿，崇安（今福建武夷山市）人，北宋景祐年进士。历任游宦，终官屯田员外郎。精通声律，是大量创作慢词第一人。慢词，词调的一种，字多调长之词。慢词之端，开自柳永。

一　鹤冲天

黄金榜上，偶失龙头望。明代暂遗贤，如何向？未遂风云便，争不恣狂荡？何须论得丧。才子词人，自是白衣卿相。　　烟花巷陌，依约丹青屏障。幸有意中人，堪寻访。且恁偎红倚翠，风流事、平生畅。青春都一饷。忍把浮名，换了浅斟低唱。

赏析

柳永少年时，因"好为淫冶讴歌之曲"，为统治者所不齿，故屡试不第。这首《鹤冲天》写于柳永应试落第后抒怀才不遇之不平。

上阕写对落榜的看法。词人认为,这次不幸落榜,只是偶然,不过是圣明的时代暂时遗落了贤德之才,自己没有能够乘着风云施展抱负而已。既然如此,何不放开自己的行为,恣狂放荡?无须考虑后果。我这才子词人,本来就是个未取得功名或官职而有公卿宰相才能的读书人。

下阕写今后的打算。词人认为,看见了熟悉的烟花柳巷,就好像看见了一幅涂抹丹青的美丽屏画,庆幸有自己的意中人,可以经常有约会来往。索性就这样偎红倚翠吧!这也是人生的一件快事。青春多么短暂,不如抛去浮名,换成浅斟酒杯,低声歌唱。

据南宋吴曾《能改斋漫录》载,到下次考试时,柳永本已考中,但宋仁宗看了柳永的词,说:"且去浅斟低唱,何要浮名!"又把柳永的名字划去。直到景祐元年(1034),柳永已经四十七岁,另改了一个名字,才中进士。

二　雨霖铃

寒蝉凄切，对长亭晚，骤雨初歇。都门帐饮无绪，留恋处、兰舟催发。执手相看泪眼，竟无语凝噎。念去去、千里烟波，暮霭沉沉楚天阔。　多情自古伤离别，更那堪、冷落清秋节。今宵酒醒何处？杨柳岸、晓风残月。此去经年，应是良辰、美景虚设。便纵有、千种风情，更与何人说？

赏析

这是一首别情词，写柳永即将离开汴京，远赴江南，与一位歌妓的惜别。这是婉约词的代表作。

上阕写哀怨凄婉的蝉鸣，激情倾泄的骤雨，"兰舟催发"，情人惜别。二人握手相看，含泪无语。此一别，千里烟波，云雾黄昏，唯与辽阔无边的南天相伴，令人挂念。

下阕突出自古以来，最令人伤感的是亲人的离别，更难以忍受的是在万木萧疏、一片冷清的秋天。酒醒之后，行船停靠在杨柳岸边，晓风吹拂，残月如钩。没有她在身边，今后的岁月中还有什么良辰美景。即使有满腔的缠绵之爱，还能向谁倾诉？

多情男女，萍水相逢，会感到欣喜。然而，人生偶遇，稍纵即逝，这种欣喜又充满了惆怅与感伤。

离情别绪的感叹弥漫在词中，词作者往往以激起人们的哀伤为极致。这是人性情感中一种非常重要的情感。"多情自古伤离别"之所以被人们反复咏唱，就是因为它抒发了人性中的忧怨离愁。

情深义重的恋人，不想分离，又不能实现自己的美好愿望,从而引发离情别绪。因此,所谓离情别绪,乃是生活中美好情感与骨感现实的冲突借用词作所进行的缠绵抒发。

三　八声甘州

对潇潇、暮雨洒江天，一番洗清秋。渐霜风凄紧，关河冷落，残照当楼。是处红衰绿减，苒苒物华休。惟有长江水，无语东流。　不忍登高临远，望故乡渺邈，归思难收。叹年来踪迹，何事苦淹留？想佳人、妆楼颙望，误几回、天际识归舟。争知我、倚阑干处，正恁凝愁！

赏析

柳永直到四十七岁才中进士。之后，他便开始了游宦生涯，历任睦州团练推官、余杭令、定海晓峰盐场监官、泗州判官、太常博士，终官屯田员外郎，世称"柳屯田"。他是宋代著名词人中官职最低的一个。

官职小，四处漂泊，游宦他乡。于是旅思闺情成为这一时期柳词的主要内容。

《雨霖铃》与《八声甘州》堪称姊妹篇。《雨霖铃》写外出在即，与情人告别；《八声甘州》写仕途厌倦，羁旅思归。

上阕写秋风萧瑟，红衰绿减，四处有声，唯江水无语。江水无语，实指人无语，人无语，即"千种风情，更与何人说？"抒发了词人游宦生活的寂寞与孤独。

下阕写登高远眺，一是望故乡，二是想佳人，突出词人仕途厌倦、归思难收的凄苦心情。

世俗文人士大夫，通过科举走入仕途，但仕途上充满了宦海浮沉，让他们产生了对仕途的退避与厌倦。这首《八声甘州》词正是抒发了词人游宦思乡、欲归不得的感伤与悲凉，表达了一个封建知识分子没有出路的迟暮落寞心态。

四　凤棲梧

独倚危楼风细细，望极春愁，黯黯生天际。草色烟光残照里，无言谁会凭阑意？拟把疏狂图一醉，对酒当歌，强乐还无味。衣带渐宽终不悔，为伊消得人憔悴。

赏　析

这是一首怀念远方伊人之作。

上阕写登楼远眺，见无边春草如烟，笼罩在残阳里，顿生春愁，却无人理解。

下阕写即使把惜春之心换作一醉方休，心中也不快乐，因为远方的伊人不在身边。"衣带渐宽终不悔，为伊消得人憔悴"，表达了对伊人的执着坚守。

这是一种境界。正是这种执着坚守的境界，王国维在《人间词话》中认为这是"成大事业、大学问者"必须具备的第二种境界，即以此来比喻执着追求的精神。

范仲淹

范仲淹(989~1052),苏州吴县(今属江苏)人。大中祥符八年进士,仕至枢密副使、参知政事。宋仁宗时,做过镇守边疆的宣抚使,加强对西夏国的防御,纪律严明,爱兵如子。晚年,他在《岳阳楼记》中提出"先天下之忧而忧,后天下之乐而乐",为后世传诵。

五　渔家傲秋思

　　塞下秋来风景异,衡阳雁去无留意。四面边声连角起,千嶂里,长烟落日孤城闭。　浊酒一杯家万里,燕然未勒归无计。羌管悠悠霜满地,人不寐,将军白发征夫泪。

赏 析

　　这首《渔家傲》是词人在宋仁宗康定元年(1040)至庆历三年(1043)期间写出的,其时词人正在西北边塞军中任职。

　　上阕写景。看到的是"衡阳雁去",听到的是"边声连角",相伴的是"长烟落日",驻守的是一座关闭的"孤城"。这构成了一幅塞外戍边图:荒凉、寂寞、艰苦。

下阕抒怀。悠悠羌管唤起战士思乡愁情,满地秋霜映着将军白发,一杯浊酒凝聚着戍边战士们的眼泪……但是,外患未除,岂能还乡?"燕然未勒归无计",还没有立下刻石而纪的战功,没有心思作还乡的打算,抒发了将士们献身报国的壮志情怀。

生活实践决定了作品的内容。范仲淹戍守边防的经历,使他把边塞诗的内容,带入词的领域,拓宽了词的内容和风格。

张　先

张先（990～1078），字子野，乌程（今浙江湖州）人。仁宗天圣八年进士，官至尚书都官郎中。晚年与苏轼等唱酬。有《张子野词》传世。

六　天仙子

时为嘉禾小倅，以病眠不赴府会

《水调》数声持酒听，午醉醒来愁未醒。送春春去几时回？临晚镜，伤流景，往事后期空记省。　　沙上并禽池上暝，云破月来花弄影。重重帘幕密遮灯。风不定，人初静，明日落红应满径。

赏析

这首词写惜春。

上阕写把酒听曲，本想消除春愁，但是午醉醒来，愁却依旧。春天已去，几时才能迎来春归？不觉天已黄昏，镜子里的我，已经垂垂老矣。时光流逝，多么令人感伤，先前往事，不过是空有记忆而已。

下阕写傍晚，一个人在院中踱步，天上的浓云被风吹散，只觉得月光如昼，看到了水池边沙上一对鸳鸯双栖并眠，看到了月光下花枝婆娑弄影，心中十分欣喜。院内风起，便回到屋内，为了挡风，拉起重重帘幕。家里的人都休息安静了，风却继续刮个不停，明日早上定会看到满地落花。

为了表达心中的惜春之情，为了抒发对时光流逝的感伤，词人选取了典型的生活小景，细致入微的景物描写，寓情于景，情景交融。这种将创作意图与艺术规律的熟练统一，便是美的创造。"云破月来花弄影"是张先的名句。

张先因有"云破月来花弄影""帘压卷花影""堕轻絮无影"，世人称诵，号"张三影"。

七　醉垂鞭

　　双蝶绣罗裙,东池宴,初相见。朱粉不深匀,闲花淡淡春。　　细看诸处好,人人道,柳腰身。昨日乱山昏,来时衣上云。

赏　析

　　张先为人潇洒风流,他的词多写"心中事、眼中泪、意中人",所以人称"张三中"。张先到了八十几岁,还过着狎妓酣歌的生活,这首《醉垂鞭》就是赠妓之作,写他对"东池宴,初相见"的一位歌妓的怀思。在他的想象中,这位"朱粉不深匀,闲花淡淡春"的女子，是从黄昏的乱山中，乘云飘然而至。

词是宋代文人学士最喜欢的一种文学形式，他们用词写恋情，表相思。他们赞成和主张"文以载道"，但是随着社会生活的发展，这种观点已经约束不住他们在情感方面的要求。

"昨日乱山昏，来时衣上云"，这是对女子衣上纹饰的想象。想象是审美中的关键，它可以使感知超出自身，形成一个美好的幻想中的世界。这正如马克思所说，只有人类能"从想象真实的东西，到真实地想象东西"。

晏 殊

晏殊（991～1055），字同叔，临川（今江西省抚州市）人。七岁能文，以神童召试，赐同进士出身。历官要职，后位至宰相。擅长小令，是婉约派代表作家。

八　浣溪沙

一曲新词酒一杯，去年天气旧亭台。夕阳西下几时回？　无可奈何花落去，似曾相识燕归来。小园香径独徘徊。

赏析

在孔子讲出"逝者如斯夫，不舍昼夜"后，人们便把时间与生命联系在一起。去年与友人饮酒赋词的快乐，永远停留在回忆中。时间成了对往事的记忆与呼唤。然而，时间是不走回头路的。"夕阳西下几时回？"这是对岁月的留恋，亦是对生命的珍惜。

"无可奈何花落去，似曾相识燕归来。"这是晏殊的名句。去也终须去，来也总归来，一切是那么自然、必然、了然。它以参悟某种奥秘而启迪人心。自然景色虽然非常普通却韵味深长。它以眼前景物抒发人生之慨。人生苦短的感慨成为一个时代的典型音符。

同时，又以"似曾相识燕归来"把人引向对现实人生的关怀。天地自然在昼夜运转着、变化着、更新着，自然景物展现的是万物的生生不息。只有与天地自然同步，在变化运动中求得生存和发展。这种感性与理性的深沉积淀，便是对人生哲理的直观感受，而使人玩味无穷。

北宋重文轻武，文人士大夫们过着富贵、悠闲、安乐的生活。他们把时间与精力寄托在文学艺术上，形成了一个有文化、有教养的阶级或阶层。"一曲新词酒一杯"再现了社会上层的审美、风尚和艺术趣味。

"小园香径独徘徊",作为一个词人,他在自家小园香径上享受着春色;身在官场,他却能体味出官场之外的安闲与宁静,他是一个懂得生活、热爱生活、感悟生活的词人与哲人。

九　浣溪沙

　　一向年光有限身，等闲离别易销魂。酒筵歌席莫辞频。　满目山河空念远，落花风雨更伤春。不如怜取眼前人。

赏析

　　这首词叹人生有限，别离殊多，世事难料。大自然有"落花风雨"，人间则有"等闲离别"，人生充满了太多的哀伤与不幸。所以，不如立足现实，"酒筵歌席莫辞频""不如怜取眼前人"，把握当前，享有生活。

在中国文学史中,有许多关于人生的感慨,甚至发出"死生亦大矣,岂不痛哉"的深重悲叹。面对"逝者如斯夫,不舍昼夜"的时间,儒家提出要抓住当下,把时间的意义放在生的价值上。

词人发出"一向年光有限身",感叹人生有限,抒发了文人士大夫对现实生活的留恋难舍,同时展现了他们希望人生能够永恒延续的心理追求。

其实,人生的永恒与不朽,就在现实人世中,它是在与社会群体相联系中获得的。在短促的人生中肩负起社会和时代的使命感与责任感,才是在"一向年光"中追求生命不朽的严肃之路。

一〇　清平乐

红笺小字,说尽平生意。鸿雁在云鱼在水,惆怅此情难寄。　斜阳独倚西楼,遥山恰对帘钩。人面不知何处,绿波依旧东流。

赏析

宋诗受了道学的影响,"言理而不言情",要言情就去写词,因为词产生于绮罗香泽。于是,生活在繁华都市的文人士大夫们便趋之若鹜。词成了文人墨客最喜欢的文学形式,离情别绪之词不断涌现。身为宰相的晏殊也不例外要写相思词,此《清平乐》即是。

上阕写事非人愿。女子写信,小字密集,写尽情思。可是,愿借"雁足传书",鸿雁已从云中远离;寄望"鱼腹尺素",鱼儿也从水中游去,事非人愿,此情难寄。

下阕写物是人非。依旧是斜阳下的小楼,依旧是窗外的远山,依旧是东流的绿水,然而,"人面不知何处",抒发了词人无限的怀思及对世事难料的感伤。

宋词中流行而突出的题材便是男女之间的情爱,词人们大多为爱情不如意的女主人公代言,编织出侧词艳曲,充满幽怨闲愁,以供当时仕人消闲取悦。

宋祁

宋祁（998～1061），字子京，开封雍丘（今河南杞县）人。天圣二年进士，官至工部尚书，拜翰林学士承旨。因"红杏枝头春意闹"句享誉词坛，得了"红杏尚书"的雅号。曾任史馆修撰，与欧阳修等合修《新唐书》，其撰写列传部分。

一一　玉楼春 春景

东城渐觉风光好，縠(hú)皱波纹迎客棹(zhào)。绿杨烟外晓寒轻，红杏枝头春意闹。　　浮生长恨欢娱少，肯爱千金轻一笑？为君持酒劝斜阳：且向花间留晚照。

赏　析

这是一首赞春抒慨之作。

上阕写春天来了，汴京城东美丽如画。湖面微风起处波光粼粼，迎接着游春的人们来这里划船荡舟。岸上杨柳如烟，虽有点轻微寒意，枝头的红杏已经春意浓浓了。

下阕写人的一生多么短暂，欢乐的机会太少，怎么能为了爱惜金钱财物而舍去精神享乐呢？我愿为您举起酒杯挽留夕阳，劝它在花间留步，将时光延长。

王国维说，"红杏枝头春意闹"著一"闹"字而境界全出。其实，"红杏枝头春意闹"之所以被众人赞美，因为它体现了艺术审美与创作的基本特征：形象大于思想，想象重于概念。

在宋代，优越的社会地位，为文臣学士提供了享乐条件。"浮生长恨欢娱少，肯爱千金轻一笑？"道出了那个时代文人士大夫的普遍心态。

这首词最能表现词人心境意绪的还是后两句："为君持酒劝斜阳：且向花间留晚照。"这是李商隐《写意》诗中"日向花间留返照，云从城上结层阴"的延伸，都是对余光无几之感慨。当天色由"白日"变为"斜阳"，词人对斜阳"持酒"相"劝"，希望"花间留晚照",这时,"斜阳"已经被情感化、人性化了。尽管斜阳是挽留不住的,但这抒发了词人对快乐人生的留恋与珍惜,对时光流逝的无奈与感伤之情。词语间虽不乏潇洒风流,却总有点淡淡哀愁。这就是宋词的特点。

欧阳修

欧阳修（1007~1072），号放翁，晚号六一居士，庐陵（今江西吉安）人。天圣八年（1030）进士，在地方和中央做官。他矫正了"西崑"体形式主义文风，是北宋诗文革新运动的领袖，"唐宋八大家"之一。有《六一词》等。

一二　蝶恋花

庭院深深深几许？杨柳堆烟，帘幕无重数。玉勒雕鞍游冶处，楼高不见章台路。　　雨横风狂三月暮。门掩黄昏，无计留春住。泪眼问花花不语，乱红飞过秋千去。

赏析

这首《蝶恋花》写的是一个富家女的伤春闺怨。

上阕写女子住在深宅大院，屋外杨柳堆烟，像帘幕重重遮挡了远望的视线。男主人公骑马离家，在烟花柳巷寻欢作乐。女子心中牵挂，登楼望远，却望不见歌妓聚集之地。

下阕写女子伤春。"雨横风狂三月暮"（借自然景色反衬女主人公之伤感、无助）；"无计留春住"（写年华流逝、青春难留）；"泪眼问花"（写女主人公满腹惆怅而无人倾诉）；"乱红飞过秋千去"（写花儿不能重返枝头，喻青春不再归来）。

北宋立国之后，社会安定，都市生活繁荣，不少词人一方面坚守着儒家的基本精神，一方面约束不住真实情感的流露。这首《蝶恋花》是词人离开道学思想的束缚而为女主人公立言抒怀。虽然谈不上深刻的社会意义，却通过一个家庭的不幸婚姻的描述，表达了词人对繁荣享乐社会背后的隐忧。

一三 踏莎行

候馆梅残,溪桥柳细,草薰风暖摇征辔(pèi)。离愁渐远渐无穷,迢迢不断如春水。　寸寸柔肠,盈盈粉泪,楼高莫近危阑倚。平芜尽处是春山,行人更在春山外。

赏 析

这首《踏莎行》抒写的是征人远别引发的离愁与家中女子的缠绵相思。

上阕写征人远别的离愁。"梅残""柳细""草薰风暖",表明征人远行正值春天。他一路住"候馆",

过"溪桥","摇征辔"。离家越远,心中的离愁愈浓。就像那河中的春水,迢迢不断。最早用春水写愁的是李煜,他写的"问君能有几多愁,恰似一江春水向东流"不仅是视觉的真实,更是想象的真实。

下阕写闺中女子相思征人。佳人柔肠寸断,以泪洗面。她登楼望远,想知道征人走到何处,但是一望无际的草地尽头是碧绿的青山,征人已经走过山外,看不见踪影……"春山"象征爱情中的"阻隔"。李商隐有诗句:"刘郎已恨蓬山远,更隔蓬山一万重。"此借用山的阻隔引发离情别绪。

"春山""春水"都是即事取景,以景伤情,给人一种凄美之感。这种美感,非概念所能穷尽。

一四　诉衷情 眉意

清晨帘幕卷轻霜，呵手试梅妆。都缘自有离恨，故画作远山长。　　思往事，惜流芳，易成伤。拟歌先敛，欲笑还颦，最断人肠。

赏析

宋初百余年间，经过一定时期的休养生息，出现了社会的安定和都市繁荣，文人士大夫取得了优越的社会地位，无不纵情声色。

这首词写出了歌女的别情离慨，人生遭遇。

上阕写清晨卷起带着轻霜的帘幕，天气转凉，呵手取暖,然后对镜画梅花妆。因为心中有离情别恨,有意将眉画得又细又长。

下阕写往事常常在心中回想,逝去的岁月,令人惋惜,令人眷恋,令人伤怀。每次演出,拟歌而敛容,欲笑而含颦,让人无比哀伤。

"远山长"喻心中离恨绵绵不尽。"思往事"写对往昔情丝的留恋对比今日的寂寞孤独。一"敛"一"颦"紧扣题目"眉意",表达歌女强颜欢笑的苦闷与无奈。"最断人肠"是对歌女人生遭遇的总结。这首词,表达了词人对歌女的同情。

一五　蝶恋花

谁道闲情抛弃久？每到春来，惆怅还依旧。日日花前常醉酒，不辞镜里朱颜瘦。　　河畔青芜堤上柳，为问新愁，何事年年有？独立小桥风满袖，平林新月人归后。

赏析

作者一说为冯延巳。

欧阳修于天圣八年（1030）中进士，这时宋朝已建立七十年。统治阶级聚敛资财，穷奢极欲，埋下了经济、军事等方面的危机。欧阳修以稳定地主阶级专政为目的，针对当时社会存在的弊端，要求去除积弊，坚定地站在革新派范仲淹方面。然而，这次所谓的"庆历新政"不久就失败了，欧阳修受到了政敌的排挤打击，屡被罢职贬官。

这首《蝶恋花》是词人借春愁抒发人生之慨。

上阕以反问起句，极言为愁所困。每到春天来临，总感到无奈和惆怅。终日在花前醉酒，哪管镜子里的面孔已经消瘦。

下阕写夜深人静，新月初上，清风拂袖，独自站在桥上，久久思索：为什么心中的"新愁"像河畔的青草、堤上的杨柳，年年都有？

改良运动的失败，屡被罢职贬官的经历，使他的思想产生了消极情绪，在王安石变法运动中，他又成了反对新法的守旧人物。"为问新愁，何事年年有？"这正抒发了词人对仕途坎坷、世事难料的寂寞与孤独。

独立小桥何由？放怀品味人生。

一六　采桑子

群芳过后西湖好，狼籍残红，飞絮蒙蒙，垂柳阑干尽日风。　笙歌散尽游人去，始觉春空，垂下帘栊，双燕归来细雨中。

赏　析

欧阳修写这首《采桑子》时，已是一个退闲安居、无所奢求的"六一"翁了。

上阕写暮春之景，自然景色的描述渗透了词人感慨时光流逝、人生几何的主观感受。

下阕抒怀。"笙歌散尽游人去"折射出远离官场的冷落。人生如同舞台，已经谢下了帘幕，变得空空荡荡（"始觉春空"）。这里已经没有了官场利禄、宦海浮沉。词人独自垂帘，静观两只燕子在风雨中归来。

"群芳过后西湖好"已经不是单纯的自然景观，而是心理的超脱。这是一种对待人生的审美态度。只有使自己从日常现实与实际功利中脱离出来，才会与自然合为一体，获得快乐。

王安石

王安石（1021～1086），字介甫，号半山，江西临川人。作为一名治世名臣，他强调文学的作用首先是服务社会，即"务为有补于世"，这是典型的儒家思想。他的词一扫花间侧艳词风，堪为苏、辛先导。

他是北宋庆历二年（1024）进士，宋神宗时任宰相，推行变法革新，但受到了以司马光为代表的"旧党"的反对，在反对声中，他罢相、复相、再罢相。变法失败后，做起"半山老人"，为"唐宋八大家"之一。

一七　桂枝香

　　登临送目,正故国晚秋,天气初肃。千里澄江似练,翠峰如簇。归帆去棹残阳里,背西风、酒旗斜矗。彩舟云淡,星河鹭起,画图难足。　　念往昔、繁华竞逐。叹门外楼头,悲恨相续。千古凭高,对此谩嗟荣辱。六朝旧事随流水,但寒烟、衰草凝绿。至今商女,时时犹唱,《后庭》遗曲。

赏析

　　这首《桂枝香》是王安石第二次罢相,出知江宁府时,对金陵触景抒怀之作。

上阕赞金陵景色。晚秋时节，金风送爽，词人登高望远。放眼千里，江水似练（白绸），群山叠翠，斜阳归帆，西风酒旗，美丽华夏，江山如画。

下阕抒发己慨。"念往昔、繁华竞逐"一句概括了千年历史，朝代更替。"叹门外楼头，悲恨相续"，当年陈后主、张丽华荒淫误国。后人来此凭高吊古，也只是徒然空叹而已。六朝旧事已经随流水而去，当年的陈迹，只留下一片寒烟、衰草。"至今商女，时时犹唱，《后庭》遗曲"，抒发吊古情思，警示后人。

"门外韩擒虎，楼头张丽华。"（杜牧《台城曲》）金陵是六朝故都，词人忆六朝旧事，耐人寻味，有讽谏之情。词人抒发了历史兴亡之感喟，既有对当权者的警示，又有个人忧国的感伤。

一八　千秋岁引 秋景

别馆寒砧（zhēn），孤城画角，一派秋声入廖廓。东归燕从海上去，南来雁向沙头落。楚台风，庾楼月，宛如昨。　　无奈被些名利缚，无奈被他情担阁，可惜风流总闲却。当初谩留华表语，而今误我秦楼约。梦阑时，酒醒后，思量着。

赏析

这首《千秋岁引》抒发了词人仕途归隐之志。上阕写景。先写秋声：寒风中的捣衣声，凄厉的画角声。再写秋景：燕儿东归，大雁南来；后写秋思："风""月"

依旧，物是人非。

下阕抒志。两个"无奈"总结了投身官场的后果：名利束缚了自己的所为，官场耽搁了美好岁月。风流快活总是闲置一旁，时间总是被繁杂事务挤占。只因为"当初"空留下尽早归来之语而继续留在官场，才有了"而今"青春爱情被辜负的后果。于是，词人梦回酒醒，深思熟虑后，决心退隐。

作为世俗地主阶级知识分子，他们虽然满怀治国平天下的壮志，但现实仕途并不那么顺畅，使不少人认识到功名利禄、英雄勋功转瞬即逝，不如"功成身退""明哲保身"，从仕途退避下来。王安石在新法改革失败后，对官场进行了反思，做起"半山老人"，寄情山水，安息精神。

王安国

王安国(1030~1076),字平甫,王安石弟,赐进士及第,官至秘阁校理。其政见与王安石不合。王安石罢相后,曾受人诬陷,夺官被贬,放归故里。

一九　清平乐

留春不住,费尽莺儿语。满地残红宫锦污,昨夜南园风雨。　小怜初上琵琶,晓来思绕天涯。不肯画堂朱户,春风自在杨花。

赏析

这首惜春词,当写于"南园"(故乡临川),寄托了词人的人生之慨。

上阕写惜春。"留春不住",寄寓美好时光转瞬即逝,令人感伤、无奈。"南园风雨",让人联想自家经历:受人诬陷,夺官被贬,放归故里,倍感仕途险恶，令人厌倦，抒发惆怅情怀。

下阕抒怀。歌女小怜，"不肯画堂朱户，春风自在杨花"，寄寓词人"遗世绝俗"的淡定："彷徨乎尘垢之外，逍遥乎无为之业。"词人在大自然的怀抱中，寄托人生的慰藉。

苏 轼

苏轼（1037～1101），自号东坡居士，眉州眉山（今属四川）人。嘉祐二年（1057）进士。由于他反对王安石变法，一生政治失意，屡遭贬谪。熙宁四年（1071），他自请离京游宦，先后做过杭州、密州、徐州、湖州的地方官。元丰三年（1079），政敌揭发苏轼以诗讽刺朝政，苏轼被捕入狱，即"乌台诗案"。之后，他又被贬为黄州团练副使。元祐元年（1086），司马光等旧党上台，苏轼被召回汴京，时称"元祐党人"。绍圣元年（1094），新党再度上台，对"元祐党人"进行报复，苏轼被一贬再贬，直至儋州（今海南）。1100年，宋徽宗（赵佶）即位，苏轼遇赦北归，第二年死在常州。

　　苏轼是文学大家，诗、文、书、画无所不能，是古代文人崇拜的偶像。他创立了词家的豪放派，词从"樽前""花间"走向广阔的社会生活，为南宋辛弃疾创作豪放词开了先路。《水调歌头》《念奴娇》是其代表作。

二〇　水调歌头

丙辰中秋，欢饮达旦，大醉。作此篇，兼怀子由

明月几时有？把酒问青天。不知天上宫阙，今夕是何年？我欲乘风归去，又恐琼楼玉宇，高处不胜寒。起舞弄清影，何似在人间！　转朱阁，低绮户，照无眠。不应有恨，何事长向别时圆？人有悲欢离合，月有阴晴圆缺，此事古难全。但愿人长久，千里共婵娟。

赏析

这首《水调歌头》作于熙宁九年(1076),当时苏轼在密州任太守,与弟弟苏辙(子由)相别已有七年。政治失意,加上先前丧妻别子,使他百感交集,对月抒怀。

上阕先写"明月几时有,把酒问青天",扣住题目"中秋,欢饮"。接着写政治上失意使他想超脱尘世("我欲乘风归去")。但儒家的思想毕竟是他思想感情的主导,在一种超然物外的旷达态度背后,他仍然坚持着对人生、对美好事物的追求与热爱("起舞弄清影,何似在人间")。

下阕联系丧妻别子、兄弟阔别,以景伤情,将人之"悲欢离合",比月之"阴晴圆缺",感叹人生之无常,好事之难全;并对亲人们做出良好祝愿,希望他们健康长寿("但愿人长久")、幸福美满("千里共婵娟")。全词抒发了词人对人生的思考和对生活的热爱。

二一　念奴娇 赤壁怀古

大江东去，浪淘尽、千古风流人物。故垒西边，人道是、三国周郎赤壁。乱石穿空，惊涛拍岸，卷起千堆雪。江山如画，一时多少豪杰。　遥想公瑾当年，小乔初嫁了，雄姿英发。羽扇纶巾，谈笑间、强虏飞灰烟灭。故国神游，多情应笑我，早生华发。人生如梦，一樽还酹江月。

赏　析

苏轼创立了与婉约派相对立的豪放派，突破了词为"艳科"的藩篱，扩大了词的内容。

这首词写于神宗元丰五年（1081）。这时，苏轼因"乌台诗案"被贬居黄州，任黄州团练副使。上阕写景，赞颂大好河山，英雄辈出。突出周郎赤壁，扣住题目"赤壁怀古"。下阕抒怀。这时苏轼已经四十五岁。"多情应笑我，早生华发"，是以周郎的年轻有为对比自己的老大无成，抒发了怀才不遇的苦闷。"人生如梦，一樽还酹江月"，叹天地无限、生命短促。这种涉及宇宙、历史、人生和生存意义的词作，凸显了儒家知识分子的襟怀和对生命的感伤。

苏轼接受儒家教育，其思想感情的主流是力争进取，治国平天下。他用周郎来对比自己，鞭策自己，是要在老之将至时有所作为。他就是这样做的。尽管政治上失意，他依然坚持儒家"仁政爱民"的清官标准，认真为民做了些好事。这种将安邦治国、拯救社会与人性自觉相结合的人生准则，突出了一个儒家士大夫的使命感与责任感。这也是他生命之存在的严肃动力。

滚滚"大江东去"水,涛声如歌润笔端。莫道翰墨轻如梦,字里豪情重如山。

二二　定风波

三月七日，沙湖道中遇雨。雨具先去，同行皆狼狈，余独不觉。已而遂晴，故作此词

莫听穿林打叶声，何妨吟啸且徐行。竹杖芒鞋轻胜马，谁怕？一蓑烟雨任平生。　料峭春风吹酒醒，微冷，山头斜照却相迎。回首向来萧瑟处，归去，也无风雨也无晴。

赏　析

元丰三年（1079），苏轼因"乌台诗案"被贬

居黄州,任黄州团练副使,《定风波》即作于黄州。

上阕写风雨之行。大自然的风雨,使他联想到政治斗争,仕途坎坷。"一蓑烟雨任平生"是他人生经历的形象描绘,抒发了他坦荡豁达、笑傲人生的胸襟。

下阕写雨后天晴。"回首向来萧瑟处"指以往的人生历程;"也无风雨也无晴"这不是单纯地描述自然景观,而是彰显一种宠辱不惊、超然物外的精神境界。

"乌台诗案"以后,苏轼虽然对政治未能完全忘情,但佛老思想成为他此后处世的主导思想。进取与退隐成为他同时存在的精神状态。

二三 卜算子 黄州定慧院寓居作

缺月挂疏桐,漏断人初静。谁见幽人独往来,缥缈孤鸿影。　惊起却回头,有恨无人省。拣尽寒枝不肯栖,寂寞沙洲冷。

赏析

此词乃苏轼作于贬所黄州定慧院。"乌台诗案"后,佛老思想成为他处世的主导思想,他常常用佛老思想自我排遣。他是继中晚唐后士大夫进取与退隐双重矛盾心理的人格化身。

上阕写其贬居黄州后,寓居在定惠院,独来独往,深居简出，就像一只月夜孤鸿，借词句抒发其政治失意的寂寞孤独。"幽人"，深居孤独之人，词人自比；"孤鸿"，词人自比。超然物外，不同流俗。

下阕写孤鸿之志："拣尽寒枝不肯栖，寂寞沙洲冷。""寒枝"指高枝，寓指新党。"沙洲"寓自己被贬之黄州。"寒枝"与"沙洲"，形成对比，一只孤鸿，宁愿在沙洲忍受孤独，也不想攀附"寒枝"。"孤鸿"之志，词人之志也。

世上没有无缘无故的"恨"，"有恨无人省"，指"乌台诗案"对他的迫害，抒发忧愤之情。苏轼是一个政治失意者。他力图让自己超然物外，不同流俗，他用佛老思想求得安慰与解脱，希望从自然中得到灵感或顿悟，从而摆脱人事的羁縻，获得心灵的解脱。但是在超然物外的背后，仍然坚守着对人生的热爱，对美好事物的追求。

晏几道

晏几道（1038～1110），号小山，晏殊第七子。熙宁七年（1074），晏几道因受株连入狱，出狱后，虽做小官，家道已经败落。

善写小令，与家父晏殊世称"二晏"，著有《小山词》。

二四　蝶恋花

醉别西楼醒不记，春梦秋云，聚散真容易。斜月半窗还少睡，画屏闲展吴山翠。　　衣上酒痕诗里字，点点行行，总是凄凉意。红烛自怜无好计，夜寒空替人垂泪。

赏析

这首《蝶恋花》写酒后怀思，抒人生之慨。

上阕写西楼酒别后，醒来已经全然不记了，只觉得人生如梦，聚散如云。月光照进小窗，画屏上的远山依然是那么青翠。

下阕写酒痕诗文是西楼欢乐的见证，却勾起仕途坎坷的回忆，心里总感到凄凉，就连红烛，也替主人流下同情的泪水。

词人通过生活小景，传达出人生无可奈何、黄昏日暮的深沉感伤。自然山水，千秋永在，人间富贵，转瞬即逝。家道败落，造成了小山感伤凄楚的词风。

二五　鹧鸪天

彩袖殷勤捧玉钟，当年拚却醉颜红。舞低杨柳楼心月，歌尽桃花扇底风。　　从别后，忆相逢，几回魂梦与君同。今宵剩把银釭照，犹恐相逢是梦中。

赏 析

晏几道因受株连入狱，从此家道败落。但他不甘心自己社会地位的下降，仍念念不忘酣歌醉舞的享乐生活。这首词上阕回忆当年与恋人花前月下"捧玉钟""醉颜红"的恣情放纵。下阕写二人别后重逢。社会地位的落差，使他"犹恐相逢是梦中"，抒发了心中的感伤与哀怨。

在宋代的文人士大夫中,他们创作才思的来源,多是人生无常、悲欢离合,他们把心中的情致,倾注在笔墨之间,从而营造出一种迷离恍惚、情文相生的意境。

二六　鹧鸪天

小令尊前见玉箫，银灯一曲太妖娆。歌中醉倒谁能恨，唱罢归来酒未消。　　春悄悄，夜迢迢，碧云天共楚宫腰。梦魂惯得无拘检，又踏杨花过谢桥。

赏析

晏几道才华横溢，但仕途一直不得意。其创作文词华美且多哀思，他把颓唐的情绪以绮美精致的文字加以表现，编创侧词艳曲，抒发离情别绪。这首《鹧鸪天》即是写对一位名叫玉箫的歌女的怀思。

上阕写在一次酒宴上见到了玉箫,她的歌唱得令人销魂,为之醉倒也无怨无悔。令人陶醉的酒意,即使回到家中,还久久未消。

下阕写春夜漫长,玉箫的住处又太远,想要见她实在不易,只好借助不受"拘检"的梦境,踏杨花,过谢桥,一路寻去……

词人写这首《鹧鸪天》时,已落魄穷愁。但他追怀着往日豪华快乐的贵族公子生活,重又使自己陷入放浪境地。"梦魂惯得无拘检,又踏杨花过谢桥",以清新的语言,描绘了一幅缠绵寻美图,让文人士大夫心醉动怀,就连理学家程颐读后,也笑曰:"鬼语也。"意亦赏之。

二七　临江仙

　　梦后楼台高锁，酒醒帘幕低垂。去年春恨却来时，落花人独立，微雨燕双飞。　　记得小蘋初见，两重心字罗衣。琵琶弦上说相思。当时明月在，曾照彩云归。

赏 析

　　这首《临江仙》与前述《蝶恋花》均为醉后酒醒、睹物怀人之词。见落花叹人生之无常，看双燕慨自己之孤寂。小蘋是自己心中所爱，却又像彩云飘然而去。越是难以忘怀，越感欢娱难再。落花、飞燕、明月、彩云，借自然景物之描写表现人生感慨。

浓艳、香软为小山词的基本特色。缺乏深刻的社会内容，却能给读者一种形式的美感。晏几道的词中真正彰显了诗词的艺术即是情感的艺术。

黄庭坚

黄庭坚（1045～1105），字鲁直，号山谷道人，洪州分宁（今江西修水）人，治平四年（1067）进士。他与秦观、晁补之、张耒被称为"苏门四学士"。他又是江西诗派领袖。元祐元年（1086），司马光上台反对王安石变法，黄庭坚在政治上与苏轼共进退，后以"元祐党人"屡遭贬谪。

二八　清平乐

春归何处？寂寞无行路。若有人知春去处，唤取归来同住。　春无踪迹谁知？除非问取黄鹂。百啭无人能解，因风飞过蔷薇。

赏　析

黄庭坚写作提倡"无一字无来处"，其语言往往"佶屈聱牙"。然而这首《清平乐》语言清新，构思精巧。上阕写世人本想唤春归，下阕写黄鹂知道春去处，但是"百啭无人能解"，喻自己仕途上缺乏知音，怀才不遇。

朱　服

朱服（1048～?），乌程（今属浙江湖州）人，熙宁六年（1073）进士，官至礼部侍郎。有《渔家傲》词一首。

二九　渔家傲 东阳郡斋作

小雨纤纤风细细,万家杨柳青烟里。恋树湿花飞不起,愁无际,和春付与东流水。　九十光阴能有几?金龟解尽留无计。寄语东阳沽酒市,拚一醉,而今乐事他年泪。

赏析

这首词写春愁。

上阕起首两句通过对小雨、微风、杨柳、青烟的白描,描写了暮春景色。然后,由"恋树湿花"不能重返枝头,使人感悟春光难以挽留。花也愁,人也愁,词人遂将这无极春愁付与流水。

　　下阕首句"九十光阴能有几?"词人慨叹人生无常,生命苦短,即使金龟换酒、把酒留春,也无法留住岁月。词人提醒酒市上那些把酒留春的人们,如果不珍惜年华,抓住当下,力争进取,那么今日的快乐就是他年的眼泪。

秦 观

秦观（1049～1100），字少游，号淮海居士，高邮（今属江苏）人。元丰八年（1085）进士。元祐初，被苏轼推荐为秘书省正字兼国史院编修官，在政治上与苏轼共进退。他先后以"元祐党人"被贬到郴州、雷州等地过着"游宦"的流放生活。他为"苏门四学士"之一。有《淮海词》传世。

三〇 踏莎行 郴州旅舍

雾失楼台,月迷津渡,桃源望断无寻处。可堪孤馆闭春寒,杜鹃声里斜阳暮。驿寄梅花,鱼传尺素,砌成此恨无重数。郴(chēn)江幸自绕郴山,为谁流下潇湘去?

赏 析

这首《踏莎行》写于词人游宦郴州时。

上阕写景。无边的大雾笼罩了楼台,朦胧的月色隐没了渡口,一片迷茫。接着词人借用"孤馆""春寒""斜阳"述写沦落天涯的孤苦哀伤。

下阕写亲友来信（鱼传尺素）反而累积心中的"愁"和"恨"。他以质疑郴江"为谁"离开郴山流入潇湘，自嘲不该热衷仕途而陷入政治漩涡。"为谁"的设问，表现了一个贬谪之人的苦闷与迷茫，展露出词人痛苦的内心矛盾。他的苦闷与迷茫，是因为他从来没有接触到国计民生。他反对"变法"，却不了解"变法"的内容。

三一　八六子

倚危亭，恨如芳草，萋萋刬（chǎn）尽还生。念柳外青骢别后，水边红袂（mèi）分时，怆然暗惊。　　无端天与娉婷，夜月一帘幽梦，春风十里柔情。怎奈向，欢娱渐随流水，素弦声断，翠绡香减，那堪片片飞花弄晚，濛濛残雨笼晴。正销凝，黄鹂又啼数声。

赏析

秦观屡遭贬谪，有机会接触社会，开拓词的内容。但他的词从不接触民生，只写个人的心境。他在政治上不得志，只在追忆旧欢残梦中去逃避现实。

这首《八六子》即是对情人的回思。上阕写词人独自倚着高亭的栏杆，向远处眺望，心中的离愁像原野上的芳草，铲了又生，永远不会消除。现在又想起那天与她在柳林水边相别，自己骑着青骢马，她穿着红袖衣，恍然在目，难以忘怀，令人悲伤惊魂。

下阕写她天生丽质，楚楚动人。最难忘与她在月下相依相偎缠绵如梦，她的柔情就像那吹遍十里扬州的温暖春风。怎奈人生无常，欢乐的时光转瞬即逝，听不到她的琴声，看不到她的倩影，更令人不堪忍受的是今晚濛濛的细雨中，落花片片，激起人生短促的感伤。正在黯然神伤，却又传来黄鹂的叫声。

语言华美，文笔潇洒，富于情韵，再现了上层社会的审美风尚和艺术趣味。虽不乏风流闲雅，却仍摆脱不了感伤和忧郁。

三二　浣溪沙

漠漠轻寒上小楼，晓阴无赖似穷秋。淡烟流水画屏幽。　自在飞花轻似梦，无边丝雨细如愁。宝帘闲挂小银钩。

赏析

抒发人生感受是诗词艺术的永恒课题。人生、机缘、际遇，或擦肩而过，或转瞬即逝。"功业未及建，夕阳忽西流。时哉不我与，去矣如云浮。"他们感受着，咏叹着，描述着。这首《浣溪沙》，词人借女子的直观感受抒发个人的人生之慨。

上阕写生存环境。清晨起来，天空阴沉沉，四处弥漫的寒气，挥之不去，涌上了小楼，让人感到秋的萧瑟。画屏上的淡烟流水更显得清幽。

下阕联类兴感，抒发情怀。快乐自在只是梦境，惆怅忧伤才是现实。闲挂小银钩写出了女子度日的无聊。

对一个以元祐党人屡遭贬谪的政治失意者来说，这首《浣溪沙》使深度的情感通过画面展示，获得了一个可感知的自然的与人世间的外观，把颓唐的情绪用形象而精美的文字加以表现。词人无处不感到环境的"漠漠轻寒"，无时不体味着无所事事的寂寞闲愁。快乐自在只会永远是一个梦。

三三 满庭芳

　　山抹微云，天连衰草，画角声断谯（qiáo）门。暂停征棹，聊共引离樽。多少蓬莱旧事，空回首、烟霭纷纷。斜阳外，寒鸦万点，流水绕孤村。　　消魂！当此际，香囊暗解，罗带轻分。谩赢得、青楼薄幸名存。此去何时见也？襟袖上、空惹啼痕。伤情处，高城望断，灯火已黄昏。

赏 析

　　这是一首秋日黄昏与恋人分手的别情词。

　　上阕写远山浮动着淡淡的云朵，天边连着枯萎的衰草，城楼上凄厉的画角声时断时续。让行舟暂停起航，我与她饮酒告别。多少恋情旧事，回首间，已经化为云烟。这时，只见无数寒天乌鸦从夕阳下飞过，一湾流水环绕着孤独的小村……

下阕发感慨之叹。就要与她解囊赠别了，心中多么惆怅。尽管出于无奈，却落得一个薄情寡义的名声。今后什么时候才能相见？想到此，泪痕不觉沾满衣袖。正在伤情处，舟船已经远行，回首遥望，只见到城墙高筑，灯火一片，天色已经黄昏！

这首词突出了秦观词情意缠绵的婉约风格，"伤情处，高城望断，灯火已黄昏"，抒发了一个仕途蹭蹬的知识分子迟暮落寞的无奈与伤痛。

三四　鹊桥仙

纤云弄巧，飞星传恨，银汉迢迢暗度。金风玉露一相逢，便胜却、人间无数。　　柔情似水，佳期如梦，忍顾鹊桥归路。两情若是久长时，又岂在、朝朝暮暮。

赏析

这首词写七夕，借牛郎织女的故事，表现人间的离情别绪。

上阕写景。那多彩的云霞像灿烂的锦绣，是织女的巧手织成。那闪光的流星从天空划过，为牛郎织女传递着别绪离情。农历七月七日的晚上,无数乌鹊架起一座长桥,让牛郎织女每年一次欢乐相逢。呵,他们的相逢胜过人间无数次,因为他们相逢在金风玉露中。

下阕抒情议论。像水一样的柔情,每年一次的相逢缠绵如梦,怎忍看鹊桥变成无情的归路。两人若是天长地久地相爱,就不去计较每天都要在一起厮守。

离情别绪多写两地相思,这首《鹊桥仙》写牛郎织女旧地重逢。"金风玉露一相逢,便胜却人间无数",中国的艺术在心理上重视想象的真实大于现实的真实。"两情若是久长时,又岂在朝朝暮暮",讴歌了爱情的真谛。旧的题材注入了现实生活的内容,便获得了新鲜感。词人将写景、抒情、议论融为一体,立意新颖,构思巧妙,因而使其传诵长久。

赵令畤

赵令畤（1051～1134），宋皇室成员，苏轼好友。绍圣元年，新党上台，苏轼远贬，赵令畤亦以"元祐党人"受到贬谪，被废十年。

三五　蝶恋花

　　欲减罗衣寒未去，不卷珠帘，人在深深处。红杏枝头花几许？啼痕止恨清明雨。　　尽日沉烟香一缕，宿酒醒迟，恼破春情绪。飞燕又将归信误，小屏风上西江路。

赏析

　　这首词写闺中怀人的春愁。上阕叙事写景。本想减衣外出，不料寒意未去，即使不卷珠帘，人也困在屋内。屋外的红杏还能开多久？清明时候，雨洒花落，满树泪痕。

下阕抒情，写整日坐在屋内，陪伴一缕香烟。昨晚喝了点酒，早上醒迟，心中充满了百无聊赖的烦恼。飞燕又没有带来远人的来信，无奈只好对着屏风发呆。"飞燕又将归信误"是佳人春愁之源。词人取生活小景，借佳人春愁寄寓自己仕途上被人遗忘之寂寞孤独。无奈、苦闷与失落正是词人此时的心态。令畤虽为苏轼友，但词风不同，以婉约见长。

三六　清平乐

　　春风依旧,着意隋堤柳。搓得鹅儿黄欲就,天气清明时候。　　去年紫陌青门,今宵雨魄云魂。断送一生憔悴,能消几个黄昏。

赏析

　　这首《清平乐》是词人写人生之慨。

　　今年清明,春风依旧,吹绿了隋堤上千株杨柳。但是对词人来说,今宵与去年相比,却人事全非。去年在京城,朋友们在紫陌青门聚会,何等欢乐,今宵却无人做伴,孤独冷清。不禁感叹:将一个人的生命变得衰老憔悴,用不了几个这样的黄昏。

多么浓厚的自然景色与情感色彩啊!春风依旧,物是人非。自然无限美,人生何茫茫。

贺 铸

贺铸（1052～1125），字方回，卫州（今河南汲县）人。不善于谄媚权贵，虽为皇室后裔，一生屈居下僚。官至泗州、太平州通判。晚年退居苏州横圹。著有《方回词》。

三七　青玉案

　　凌波不过横塘路，但目送、芳尘去。锦瑟年华谁与度？月桥花院，琐窗朱户，只有春知处。　飞云冉冉蘅皋暮，彩笔新题断肠句。试问闲愁都几许？一川烟草，满城风絮，梅子黄时雨。

赏析

　　这首《青玉案》写相思，为作者晚年退居苏州期间所作。
　　上阕写词人见一女子，绕过横塘而去，目送女子背影，直到走出自己的视线。他在心中猜想，是谁与她长年相伴？门外有一座观月的小桥直通向她家，院内开满鲜花，只有春天才知道她家的住处。

下阕写由于久久痴望，不觉已经暮色苍茫，于是提笔书写满腹相思。问自己有多少相思闲愁，就像那遍地野草，满城飞絮，濛濛细雨，纷繁杂乱，茫然无绪。

萍水相逢，春心荡漾，引发相思，乃至断肠，抒发了一个多情词人的缠绵情怀。

三八　芳心苦

　　杨柳回塘，鸳鸯别浦，绿萍涨断莲舟路。断无蜂蝶慕幽香，红衣脱尽芳心苦。　　返照迎潮，行云带雨，依依似与骚人语：当年不肯嫁东风，无端却被秋风误。

赏　析

　　荷塘本是四处皆有、游人常到的地方，而"回塘""别浦"则是少有人迹的偏僻处。作者选择了这样的典型环境，描写了荷花的无人问津："断无蜂蝶慕幽香。"又在黄昏暮雨中，仿佛听到了荷花对词人的叹息：春天未随着春风展露风姿，待到想要风姿展露时，无奈秋风已至，时过境迁，年华空逝。此情此景，抒发了词人因本性耿介，不合流俗，被冷落又怀才不遇的感伤。

三九　浣溪沙

不信芳春厌老人，老人几度送余春。惜春行乐莫辞频。　　巧笑艳歌皆我意，恼花颠酒拚君瞋。物情惟有醉中真。

赏析

贺铸仕途失意，晚年退居苏州，他在苏州盘门外十余里的横塘建有小宅，在那里"几度送余春"。词中"老人"，即词人自己。

上阕写春光虽不厌弃老人，但春光易逝，老人应更加惜春，而惜春应抓住当下。

下阕写恼花颠酒,实乃借酒浇愁。词人之所以"巧笑艳歌",皆因只有在醉中才能看到真正的世态人情,只有在醉中才能无拘检地展现真正的自我。

在词句中,我们听得出词人的苦闷,也能感觉到他内心的哀伤。

四〇　浣溪沙

楼角初销一缕霞，淡黄杨柳带栖鸦。玉人和月折梅花。　笑撚粉香归绣户，半垂罗幕护窗纱。东风寒似夜来些。

赏析

取材生活小景是宋词的特点。本首《浣溪沙》写黄昏时分，美人月下折梅，含笑回归绣房，随手放下帘幕，挡住外边的寒气。一件极其平常的事，被描绘得诗情画意。然而，在欣赏这幅月下佳人折梅图时，却让人感到寒风习习。通过这种强烈的对比，令人产生一种温馨意境下的冷静。这是一个时代心态的变异，它不同于一般风流才子的吟花弄月，而是在含情脉脉中感受到来自外界的冷漠，而这正抒发了一个失意词人的身世之慨。

四一　思越人

　　紫府东风放夜时，步莲秾李伴人归。五更钟动笙歌散，十里月明灯火稀。　　香苒苒，梦依依，天涯寒尽减春衣。凤凰城阙知何处，廖落星河一雁飞。

赏　析

　　对美好往事的回忆，让人兴奋，而又由于难以回归梦境而感伤。这首《思越人》上阕写难忘京城的元夜，到处都是火树银花，观灯的人很多，我的身边有美人相伴，何等快乐。直到五更的钟声响起，人们逐渐散去,十里长街变得灯火稀疏,只剩下天空一轮明月。

下阕进一步渲染情感,写时光荏苒,人生如梦,转眼已是暮春。自己虽为皇族后裔,却仕途失意,远离京城,退居苏州,现在几乎不知道京城在何处,恰如晨星廖落的天空中一只失群的孤雁。

词人对往事的津津玩味和留恋,让自己滞留在贵族们的享乐世界。而今时过境迁,人事全非。词人借追忆畅想之词形象生动地表达了心中的寂寞孤独与暮年沧桑。

晁补之

晁补之(1053～1110),号归来子,济州巨野(今属山东)人。"苏门四学士"之一。元丰二年(1079)进士。元祐初为秘书省正字,官至校书郎,后以元祐党籍连续遭贬外放。有词集《晁氏琴趣外篇》。

四二　盐角儿 亳社观梅

开时似雪,谢时似雪,花中奇绝。香非在蕊,香非在萼,骨中香彻。　占溪风,留溪月。堪羞损、山桃如血。直饶更、疏疏淡淡,终有一般情别。

赏析

这是一首咏梅词。小河边,月光下,一株盛开的白梅,迎风而立。它让开满红花的山桃黯然失色。白梅从花开到花落,保持着色不衰("开时似雪,谢时似雪"),香如故("香非在蕊,香非在萼,骨中香彻"),即使"疏疏淡淡",也别有一番雅姿神韵。

　　这正是作者所要抒发的心境意绪。词人面对元祐党人被排斥的现实，以自然景物展现心中的境界与节操。这正是艺术的魅力所在，是艺术使人在精神上变得丰富、多样和深刻。

四三　忆少年别历下

无穷官柳，无情画舸（gě），无根行客。南山尚相送，只高城人隔。　罨（yǎn）画园林溪绀（gàn）碧，算重来、尽成陈迹。刘郎鬓如此，况桃花颜色。

赏析

这首词感叹岁月流逝，宦海沉浮。

上阕写满目都是官栽的杨柳，无情的画船，船上的行客像无根的浮萍。今日历下相送，只恨高城阻隔，不知何时重逢。"无根行客"写尽自已因元祐党籍屡遭贬斥，游宦辗转，行踪不定，无限苍凉。

下阕写当我数年以后重返故地，历下的如画园林，都已经变成陈迹。刘郎已经两鬓如霜，更何况桃花已经花落色褪。"刘郎"即中唐诗人刘禹锡，词人自比。

词人以刘禹锡自比，并引用刘诗《自朗州至京戏赠看花诸君子》："紫陌红尘拂面来，无人不道看花回。玄都观里桃千树，尽是刘郎去后栽。"刘禹锡（772～842），字梦得，唐代著名诗人。二十一岁中进士，他因参加了王叔文永贞革新，失败后长期沦为逐客。这首诗是他被贬十年后回京所作。字面写看桃花，实际是讽刺那些为了当官发财奔走豪门者。宋代新旧党争也存在这种现象，新党上台后，越来越多的人混入变法派，一场严肃的政治斗争，变成了统治集团内部争权夺利之争。词人借用刘诗抒发自己对新贵们的辛辣讽刺。

词人以刘禹锡被贬比自己以元祐党人遭斥；以刘禹锡被贬十年后返京，比自己数年后重返历下；以刘禹锡讽刺奔走豪门者比新党上台后争权夺利的新贵，比拟类推，成为这首词中词人的基本构思。

张　耒

张耒(1054～1114),字文潜,号柯山,淮阴(今属江苏)人。熙宁六年(1073)进士,官起居舍人,"苏门四学士"之一。有《柯山诗余》一卷。

四四　秋蕊香

帘幕疏疏风透,一线香飘金兽。朱栏倚遍黄昏后,廊上月华如昼。　　别离滋味浓如酒,著人瘦。此情不及墙东柳,春色年年如旧。

赏析

这首词写离情别绪。上阕写景,描绘昔日与意中人相会的场所。依然"帘幕风透",依然"香飘金兽",如今已是人去楼空。同是月华如昼,却只有词人独自倚栏望月,分外寂寞孤独。

下阕抒情,先写离情的"滋味",虽然情浓如酒,却是对人的折磨。接着联类兴感，柳色每年都能够恢复如旧，而别离的情怀却不能恢复当初。

  那段过往的岁月，永远留在记忆里。时间成了依依不舍的情感见证物。情感是一个过程，只有彼此相依才能获得。如何在稍纵即逝的岁月中获得情感的永恒与不朽，这才是应该追求的课题。

周邦彦

周邦彦（1056～1121），字美成，号清真居士，钱塘（今浙江杭州）人。精通音律，博学多才。宋徽宗时任他为大晟乐府提举官，创制和整理乐曲。后卷入党争，辗转浮沉于州县。周邦彦以赋为词，长于铺叙，融抒情、怀人、叙事为一体。著有《片玉词》《清真居士集》。

四五　瑞龙吟

　　章台路，还见褪粉梅梢，试花桃树。愔（yīn）愔坊陌人家，定巢燕子，归来旧处。　　黯凝伫，因念个人痴小，乍窥门户。侵晨浅约宫黄，障风映袖，盈盈笑语。　　前度刘郎重到，访邻寻里，同时歌舞。惟有旧家秋娘，声价如故。吟笺赋笔，犹记燕台句。知谁伴、名园露饮，东城闲步？事与孤鸿去，探春尽是，伤离意绪。官柳低金缕，归骑晚、纤纤池塘飞雨。断肠院落，一帘风絮。

赏 析

这首《瑞龙吟》写春日旧地怀人。

早春时节,梅残桃红,来到烟花柳巷,寻找熟悉的小院,院内寂静无人,只有燕子归来。

在门口站立良久,往事又在脑际重现:一天清晨,偶然路过小院门口,见她倚门而立,小小人儿,举袖挡风的样子,笑语盈盈的声音,至今难忘。

如今,旧日的舞伴只有一个人还留在这里,维持原来的身价,她已经不知去处。还记得当初为她写下的诗句,却不知她又与谁"名园露饮,东城闲步"。寻人归来,往事成烟,唯有"伤离意绪",空空的院落,帘布上粘满散乱的飞絮。

周邦彦常与歌妓舞女交往,眠花宿柳,偎红倚翠。他的工作恰又是以侧词艳曲服务皇帝贵族。《瑞龙吟》代表了他的这种寄情风月的词风,这种词风正投合文人士大夫的爱好,甚至把他的词称为"词家之冠"。

四六 少年游 感旧

并刀如水,吴盐胜雪,纤手破新橙。锦幄初温,兽烟不断,相对坐调笙。　　低声问:向谁行宿?城上已三更。马滑霜浓,不如休去,直是少人行。

赏析

宋徽宗是一个风流才子,精通诗词、书画、音乐,多才多艺。他和周邦彦同为京城名妓李师师的狎客。一次,徽宗来找师师,周邦彦仓促不能出,遂藏于床下(一说匿于壁间)。看天色已晚,师师对徽宗讲:"城上已三更,马滑霜浓,您就别走了。"此话全被周邦彦听见,周邦彦几乎用师师原话写成了《少年游》,以记其事。师师不慎将《少年游》唱给徽宗听,徽宗知道事已败露,遂借故将周邦彦遣发出京。

这首《少年游》上阕写青楼女子破橙待客、调笙取乐的高雅舒适意境。下阕写女子对客人关心试探、温馨挽留的低语,惟妙惟肖。这首《少年游》曾让"几多狎客看无厌"。

四七　兰陵王 柳

柳阴直。烟里丝丝弄碧。隋堤上、曾见几番，拂水飘绵送行色。登临望故国，谁识京华倦客？长亭路，年去岁来，应折柔条过千尺。　　闲寻旧踪迹，又酒趁哀弦，灯照离席。梨花榆火催寒食。愁一箭风快，半篙波暖，回头迢递便数驿。望人在天北。　　凄恻。恨堆积！渐别浦萦回，津堠（hòu）岑寂。斜阳冉冉春无极。念月榭携手，露桥闻笛。沉思前事，似梦里，泪暗滴。

赏 析

周邦彦一首《少年游》得罪了宋徽宗，被遣发出京。临行时，李师师为他饯行送别。周邦彦把这首词交给她。李师师在宋徽宗前歌唱了这首词，词中有"沉思前事，似梦里，泪暗滴"之句，宋徽宗听后，便召周邦彦回京。

全词由柳起兴。隋堤上杨柳依依，随风飘拂。过去因为送别友人，多次来过这里的长亭，现在轮到自己要离开京城了，登高望故国，谁会认识我这个心中充满惆怅的人？一年又一年，在这条送别路上，折下的柳枝足有千尺。

即将乘船远行，昔日的旧行踪迹，令人想起寒食节与她饮酒告别，担心风顺船疾，会在转眼之间，便与她天各一方。

如今，船在迂回行进，船舱内堆积着离情别恨。看见夕阳下那无边的春色，便想起与她月下携手，桥边听笛,多么温馨。只是由于沉思前边发生过的事,好像是在梦中,不觉流出泪水。

全词描绘着、咏叹着心中的离别。由送别的杨柳写到长亭送别路,由过去送别友人写到今天自己离京,由今日的离京写到昔日的饯别,由"月下""桥边"的温馨往事写到今日却要离她而去。通过对离情别绪的层层渲染、铺垫,最后突出对"前事"的忏悔。

四八　玉楼春

桃溪不作从容住,秋藕绝来无续处。当年相候赤栏桥,今日独寻黄叶路。　烟中列岫青无数,雁背夕阳红欲暮。人如风后入江云,情似雨余黏地絮。

赏析

这首《玉楼春》写对心爱女子的怀思。

上阕写后悔没有在桃溪与她多住些日子,分手后没有她的消息。难忘当年我们在赤栏桥相约相候,今日我一人走在黄叶堆积的路上多么寂寞孤独。

下阕写转眼已是夕阳黄昏，无数青山笼罩在烟雾中。她像云朵飘去，无影无踪，留下我一人像雨后黏地的柳絮。

从"当年"到"今日"，桃溪的甜蜜共度，赤栏桥的相候如梦，永远留在词人的记忆里。诗词的艺术是时间的艺术、情感的艺术。它常常以情感化的时间或对时间长河中某段情感的直接描写为特色。它描绘着情感中那段难忘的岁月，抒发着岁月中那段缠绵的情感。它让时间永远停留在昔日的情感中，也会让情感永恒地停留在某段岁月里。

四九　蝶恋花 秋思

　　月皎惊乌栖不定，更漏将残，辘轳牵金井。唤起两眸清炯炯，泪花落枕红绵冷。　　执手霜风吹鬓影，去意徊徨，别语愁难听。楼上阑干横斗柄，露寒人远鸡相应。

赏　析

　　这是一首别情词。上阕写惜别。明月惊乌，辘轳汲水，昭示长夜已过，出乎意料的是佳人彻夜未眠、泪湿红枕。

　　下阕写送别。执手难分，令行人去意彷徨。临别嘱咐,更增添心中惆怅。楼上北斗横斜,女子久久站立,直到人已走远,寒冷的清晨,鸡鸣此起彼伏。

　　取材生活小景,抒发离情别绪,这是宋词的特点。这首《蝶恋花》通过细致而有选择的细节描绘,表现了浓厚的惜别之情。

五〇 浣溪沙

楼上晴天碧四垂,楼前芳草接天涯。劝君莫上最高梯。　新笋已成堂下竹,落花都上燕巢泥。忍听林表杜鹃啼。

赏析

这首《浣溪沙》抒人生之慨。上阕写只有更上一层楼,让自己居高临下,登高望远,才能看到"晴天碧四垂"(碧蓝的天空笼罩四野)、"芳草接天涯"(嫩绿的青草无边无际)的春色美景,抒发积极向上、乐观进取的快乐心态。

下阕写"新笋"与"落花"各得其所、各有其乐。抒发了一种"天生我才必有用"的生命自信与赞美，而杜鹃的叫声太哀怨凄楚，令人伤感。这都是从自然事物本身的无目的性中获得的个体感受和直观体会。

"劝君莫上最高梯"借用王之涣的"欲穷千里目，更上一层楼"。"忍听林表杜鹃啼"借用李商隐诗句"望帝春心托杜鹃"。善融化古人诗句如同己出，是周邦彦词一大特点。

五一　关河令

秋阴时晴渐向暝，变一庭凄冷。伫听寒声，云深无雁影。　　更深人去寂静，但照壁、孤灯相映。酒已都醒，如何消夜永。

赏析

《关河令》写羁旅思乡。上阕写秋夜黄昏，一个人伫立在院中，只听到风吹落叶的萧瑟声，看不见传书的雁影，家乡音信全无。

下阕写更深人静，只有孤灯相伴。酒意已醒，长夜如何度过？

方腊起义期间，词人曾辗转游宦于钱塘、扬州、睦州等地。这首词抒发了词人羁旅孤栖的无奈与感伤。

五二　六丑 蔷薇谢后作

正单衣试酒,怅客里、光阴虚掷。愿春暂留,春归如过翼,一去无迹。为问花何在?夜来风雨,葬楚宫倾国。钗钿(diàn)堕处遗香泽。乱点桃蹊,轻翻柳陌。多情为谁追惜?但蜂媒蝶使,时叩窗槅。　　东园岑寂。渐蒙笼暗碧。静绕珍丛底,成叹息。长条故惹行客,似牵衣待话,别情无极。残英小、强簪巾帻(zé),终不似一朵,钗头颤袅,向人欹侧。漂流处、莫趁潮汐。恐断红、尚有相思字,何由见得。

赏析

这首词借蔷薇的凋谢，咏人生无常，发身世飘零之慨。

上阕写暮春时节，词人羁留异乡客栈，饮酒解闷，虚度光阴。"愿春暂留"，无奈"春归如过翼"，像鸟儿一样飞去。"为问花何在？"只见风雨之后，蔷薇花落，随桃溪漂流而去。而且柳陌翻飞，也无人怜惜，只有蜂蝶追惜落花，触动词人惜春情怀，表达了词人年迈远宦、飘泊异乡的寂寞孤独与失落。

下阕写词人于东园绕花踱步，发出叹息，花枝则"牵衣待话"，仿佛和人告别。面对落花的命运，词人抒发已慨。认为如果将落花"强簪巾帻"（勉强插在头巾上），不如"钗头颤袅"（插在美人头上）。同时，又将飘零的花瓣比作题诗红叶。词人尽管人生失意，依然表达了对人生、对美好愿望的赞美、向往与追求。

词人的心境意绪,通过对普通景物的联类兴感,婉约地传达出来。词人借花喻人,问花亦是问己,抒发人生无常,最终表达了对远宦生活的无奈与厌倦,真实地表现出北宋衰亡时期文人士大夫们的感伤。

毛 滂

毛滂（pāng）（1064～?），字泽民，号东堂，衢州江山（今属浙江省）人。元祐年间，苏轼知杭州，毛滂为法曹，颇受器重。有《东堂集》《东堂词》。

五三　惜分飞

富阳僧舍作别语，赠妓琼芳

泪湿阑干花着露，愁到眉峰碧聚。此恨平分取，更无言语空相觑。　　断雨残云无意绪，寂寞朝朝暮暮。今夜山深处，断魂分付潮回去。

赏　析

这首《惜分飞》是作者写给杭州歌妓琼芳的别情词。毛滂在杭州任法曹期间，与歌女琼芳相爱。三年后，毛滂辞官，于富阳途中的僧舍作《惜分飞》，"作别语"

赠予琼芳。据资料记载，一日，苏轼在宴客席间听到有歌妓演唱这首词，并得知为幕僚毛滂所作，遂派人追回毛滂，留连数日。这首《惜分飞》也就出了名。

《惜分飞》上阕追忆别情。首两句写美人泪水满面，像带露的花朵；双眉收敛，像凝聚的青云。"此恨平分取"，二人心中都很痛苦。无言空相觑，愈显脉脉情深。

下阕写山中相思。昔日恋情，如巫山神女，缠绵悱恻，美妙绝伦；今夜却成断雨残云，空守寂寞，更加思念。虽然独在深山，但剪不断的相思，已随江水返回，与你相陪。

宋代文人士大夫大多为离情别绪咏叹。他们创作出变化无穷、花样不尽的新词丽曲抒发自己的缠绵相思，真个是一语百媚，令人动怀。这里看不到崇高人格与庄严情操，却表现出一种特殊的姿容风貌。不同时代的读者通过这些艺术图景的述写，可以从另一种角度去感受历史与人生。

叶梦得

叶梦得（1077～1148），字少蕴，号石林，苏州吴县（今属江苏）人。绍圣四年（1097）进士。官翰林学士。南渡后，极力加强江防御金。作词学东坡，有《石林词》。

五四　点绛唇

绍兴乙卯，登绝顶小亭。

缥缈危亭，笑谈独在千峰上。与谁同赏，万里横烟浪。　　老去情怀，犹作天涯想。空惆怅。少年豪放，莫学衰翁样。

赏析

词人早年抗金有功，作此词时，已经年过花甲，解甲归田。但他雄心未已，笑登千峰小亭，放眼万里烟浪，心中的思绪亦如波浪奔涌。

虽然自己人已老矣，依旧志在千里，把希望寄托在青年身上，望他们力争进取，建功立业。词人因景生情，兴感寄慨，扩大了词的社会效果。

五五　虞美人

雨后同干誉,才卿置酒来禽花下作

落花已作风前舞,又送黄昏雨。晓来庭院半残红,惟有游丝千丈、罥晴空。　　殷勤花下同携手,更尽杯中酒。美人不用敛蛾眉,我亦多情无奈、酒阑时。

赏析

古代士大夫最爱兴感寄慨,抒发情怀,通过取材生活小景,设计简单情节,表达心境意绪。

这首《虞美人》抒发暮春侧艳之情。

上阕写景。黄昏风雨，花落残红，清晨只有空中飘浮的游丝快乐无忧。"游丝"出自李商隐诗句"几时心绪浑无事，得及游丝百尺长"。

下阕抒情。与美人花下携手，共饮春酒，十分快乐。当杯中酒尽，令美人敛眉。词人向美人说，我亦多情，只是无奈而已。

"我亦多情"，是词人向美人坦露的情怀，是个人情感的浪漫抒发，也是众多文人士大夫常有的激情表态。宋词多艳曲，美人敛眉是惋惜相遇恨晚，欢乐时短；"美人不用敛眉"则言欢乐之日，机会多多。词人用"无奈"抒发对美人的留恋之情。他们怀着极大兴趣去描绘，去欣赏，去表现，并希望这种生活继续延续和保存。

汪　藻

汪藻（1079～1154），字彦章，德兴（今属江西）人。徽宗崇宁五年（1106）进士。官至翰林学士。工诗文，有《浮溪集》。

五六　点绛唇

新月娟娟,夜寒江静山衔斗。起来搔首,梅影横窗瘦。　好个霜天,闲却传杯手。君知否?乱鸦啼后,归兴浓如酒。

赏析

这首词写于词人离开官场后,对人生兴感寄慨。人生经历了感悟,外在的自然景色与内在的人生感受相渗透、相融合,自然景色的描述指向的是心灵的境界。新月、北斗、梅影表露了一种净化时空的审美趣味和美的理想追求,传达出一种远离官场后的超脱与安慰。

虽然霜天无酒,同僚远去,但是耳边乱鸦不再啼叫,归隐后的那份宁静,比酒更醉人。

陈 克

陈克（1081～1137），字子高，号赤城居士，临海（今属浙江）人。绍兴年间，曾随军抗金，为敕令所删定官。有词《赤城词》。

五七　菩萨蛮

赤栏桥尽香街直,笼街细柳娇无力。金碧上青空,花晴帘影红。　　黄衫飞白马,日日青楼下。醉眼不逢人,午香吹暗尘。

赏析

这首词写贵家子的冶游情态。生活在经济发展、都市繁荣的时代,这些贵家子多风流潇洒,吟风弄月。他们一任本性,纵其冲动,沉迷花柳,放浪生活。

上阕写景,为人物出场作铺垫。桥连香街,细柳轻拂,花帘影红,描绘出一幅繁荣都市的景象。

下阕人物出场，黄衫贵子，骑着白马飞驰而来，跨过赤栏桥，直奔青楼下。酒醉后一副骄奢淫逸的情态；白马过后，刮起一阵香风，吹得尘土飞扬。但是，飞扬的尘土没有迷失词人的双目，在青楼的欢歌笑语中，词人看到的是金玉其外、败絮其中的糜烂与腐朽，是不可避免的没落与衰亡。这首《菩萨蛮》抒发了词人对一个表面繁荣、实际已经颓唐的朝代的喟叹与哀伤。

五八　谒金门

　　愁脉脉,目断江南江北。烟树重重芳信隔,小楼山几尺。　　细草孤云斜日,一向弄晴天色。帘外落花飞不得,东风无气力。

赏析

　　这首《谒金门》借用闺情而抒家国情怀。

　　女子在小楼倚栏远眺,江南江北尽收眼底。无奈重重烟树、层层山峦,隔绝了写给亲人的书信。无边的烟草笼罩在黄昏落日的斜辉中,天空阴晴不定。帘外落花不能随风飞起,(重返枝头),是因为东风绵软无力。

"江南江北"寓意靖康年后,宋高宗在江南建立南宋政权,江北大片土地沦为金人统治。"东风无气力"表达对南宋政权无力收复江北领土的哀伤。

李元膺

李元膺(生卒年不详),山东东平人,曾任南京(今河南商丘)教官。因得罪蔡京,终不得召用。有《李元膺词》一卷。

五九　洞仙歌

一年春物，惟梅柳间意味最深。至莺花烂漫时，则春已衰迟，使人无复新意。予作《洞仙歌》，使探春者歌之，无后时之悔

雪云散尽，放晓晴池院。杨柳于人便青眼。更风流多处，一点梅心相映远，约略颦轻笑浅。　　一年春好处，不在浓芳，小艳疏香最娇软。到清明时候，百紫千红花正乱，已失春风一半。早占取韶光、共追游，但莫管春寒，醉红自暖。

赏 析

这是一首早春观梅词。

上阕写冬去春来，万物复苏，柳眼梅心，让人感到春光多么暖人。

下阕层层比较。先是将百花的"浓芳"与梅花的"疏香"比较，结论是"小艳疏香最娇软"。然后又以"百紫千红"对比"东风第一枝"的梅花，结论是"百紫千红花正乱，已失春风一半"。接写文人雅事，早春观梅。虽然已值春寒，词人说，只要"莫管春寒"，就能"早占取韶光"。

"莫管春寒""早占取韶光"，这是人性自觉的力量。有了这种人性自觉，可以把人的心理引向昂扬振奋，引向乐观进取。

李之仪

李之仪(约1035~1117),字端叔,号姑溪居士,沧州无棣(今属山东)人。进士出身,曾为苏轼幕僚。有《姑溪词》存世。

六〇 卜算子

我住长江头,君住长江尾。日日思君不见君,共饮长江水。 此水几时休,此恨何时已。只愿君心似我心,定不负相思意。

赏 析

这首《卜算子》抒写一个女子相思的情怀。全词借自然景物抒心中之情,构思精巧。"我住长江头,君住长江尾",阻隔引发了相思。"只愿君心似我心,定不负相思意",渴求爱心不变,坚贞不渝。

叙情怨,述离居,寄相思,诉伤情,是婉约派词的共同特点。描写恩怨情愁,成为文学创作的重要内容,并日益取得社会的意义。它们揭示着人性的真善美与假丑恶,多姿而多彩。

周紫芝

周紫芝(1082～1155),字少隐,号竹坡居士,宣城(今属安徽)人。绍兴间进士,官至枢密院编修。著有《竹坡词》。

六一　鹧鸪天

一点残釭欲尽时，乍凉秋气满屏帏。梧桐叶上三更雨，叶叶声声是别离。　　调宝瑟，拨金猊，那时同唱鹧鸪词。如今风雨西楼夜，不听清歌也泪垂。

赏析

这首词写秋夜怀人。上阕写景，由屋内之残灯欲尽，凉气弥漫，写到屋外雨洒梧桐声声别离，将客观景物与主观感受相融合，联类兴感，即景抒情。

下阕写西楼之慨。由"那时"写到"如今"，由昔日回到现在,在对昔日的追怀中,形成今昔对比。"调宝瑟,拨金猊",可知词人所思念的是一位歌女。那时的西楼,琴声伴着歌声,二人同唱一首鹧鸪飞天的曲词,表达心中的爱意。如今独自重返西楼,已是风雨之夜,虽然未听到那首熟悉的"清歌",已经止不住流出泪水。

"梧桐叶上三更雨",本是普通的自然现象,却听得出"叶叶声声是别离",这是顿悟,是人的主观意识与宇宙自然的呼应,也是长期积累倾泄而出的创作灵感。这对创作是非常重要的。词人借委婉曲折的小词,表达一种"以神遇不以目视"的审美境界。

六二 踏莎行

情似游丝,人如飞絮,泪珠阁定空相觑。一溪烟柳万丝垂,无因系得兰舟住。　雁过斜阳,草迷烟渚,如今已是愁无数。明朝且做莫思量,如何过得今宵去!

赏析

这是一首别情词。"游丝""飞絮"皆飘浮游动之物,喻情人今日出走,引发别情。二人泪眼相看,默默无语。当小船从柳树下划过,词人即景抒慨,抱怨"烟柳万丝"没有"系得兰舟住",抒发对意中人的无限留恋。

此时,大雁从斜阳的余辉中掠过,河中的小洲上,芳草萋萋如烟。此情此景,更加重词人心中的离愁。且不去思量明日做什么,只考虑如何能过得去今宵!

词人欲借助柳丝"系得"兰舟,通过艺术的想象,把客观形象与主观感受统一起来,把生活的真实上升为艺术的真实。

"如何过得今宵去",借问语表达,引而不发,启人深思,抒发对意中人的深情眷恋,这不仅是离情的凝聚,而且是思念的深化。

李清照

李清照（1084～1155），号易安居士，齐州章丘(今属山东)人。出身名门，父李格非是有名的文士，母王氏也能文会诗。李清照于十八岁与太学生赵明诚结婚，婚后生活幸福。她是婉约派正宗词人，曾批评苏轼"以诗为词""多不谐音律"。有《漱玉词》传世。

六三　如梦令

昨夜雨疏风骤，浓睡不消残酒。试问卷帘人，却道海棠依旧。知否？知否？应是绿肥红瘦。

赏　析

人生经历，决定了作家、词人的创作实践。南渡前，李清照词的主要内容是对爱情的追求与对自然的喜爱；南渡后，词的主要内容是抒发国破家亡的凄凉与感伤。

这首《如梦令》写于南渡前，与孟浩然的《春晓》都是写风雨后的春景。孟诗"夜来风雨声，花落知多少"与清照词"昨夜雨疏风骤""应是绿肥红瘦",同样地爱春惜春。写花也是写人。"绿肥红瘦"形象地写出了雨后海棠的花开花落,同时也抒发了她对青春易逝的感伤。

取材生活小景,构思精工秀美,语言流畅新巧,是李清照词的艺术特点。

六四　醉花阴

薄雾浓云愁永昼，瑞脑销金兽。佳节又重阳，玉枕纱厨，半夜凉初透。　　东篱把酒黄昏后，有暗香盈袖。莫道不销魂，帘卷西风，人比黄花瘦。

赏析

这首《醉花阴》写重阳节时，词人对丈夫赵明诚的相思情怀。

上阕首二句，由室外写到室内，室外浓云密布，室内香烟缭绕，词人独处房中，寂寞、惆怅。又逢重阳佳节，倍增思亲之情，夜半难眠，"半夜凉初透"。这不仅是气候凉,更是指心情的孤独、凄凉。这正是一个孤居独处的少妇的心态。

下阕写重阳赏菊,"把酒黄昏","暗香盈袖",文人雅事。但赏菊归来,黯然伤神。帘外黄花,对照帘内佳人,结果却"人比黄花瘦",相思折磨人。

取材生活小景,抒发心境意绪,乃词也。

六五　凤凰台上忆吹箫

香冷金猊（ní），被翻红浪，起来慵自梳头。任宝奁（lián）尘满，日上帘钩。生怕离怀别苦，多少事、欲说还休。新来瘦，非干病酒，不是悲秋。　　休休！这回去也，千万遍《阳关》，也则难留。念武陵人远，烟锁秦楼。惟有楼前流水，应念我、终日凝眸。凝眸处，从今又添，一段新愁。

赏析

这首词写李清照与丈夫临别时的相守与别离后的思念。当时，丈夫赵明诚前往莱州任职。

上阕写临别时的相守。"被翻红浪",辗转反侧状。"生怕离怀别苦",对未来独处的焦虑。"多少事"指别后相思;"欲说还休",一言难尽,不知从何说起。"新来瘦""非干""不是",突出心中的离愁思念。

下阕写离别后的思念。先写丈夫难留,依旧离去。接写丈夫走后自己寂寞独处(烟锁秦楼),每日妆楼颙望,"楼前流水"见证了一双举首凝望的眼睛。

离愁是"剪不断理还乱"的。它能让人年华虚度,"任宝奁尘满,日上帘钩";它能让人苦不堪言,"生怕离怀别苦,多少事、欲说还休";它能让人煎熬失落,"惟有楼前流水,应念我终日凝眸"。

创作离不开情怀,宋词中的离情别绪,多是写给勾栏妓女,而李清照的这首词,是妻子写给丈夫。这是真正的情真意切、动人的缠绵悱恻。

六六　声声慢

　　寻寻觅觅，冷冷清清，凄凄惨惨戚戚。乍暖还寒时候，最难将息。三杯两盏淡酒，怎敌他、晚来风急。雁过也，正伤心，却是旧时相识。　　满地黄花堆积，憔悴损，如今有谁堪摘？守着窗儿，独自怎生得黑？梧桐更兼细雨，到黄昏、点点滴滴。这次第，怎一个、愁字了得？

赏　析

　　靖康之变后，李清照南渡，面对国破家亡，李词的主要内容是写流离之苦，今昔之慨。这首《声声慢》即是写她南渡后的凄凉感伤。

上阕写凄凉的心情与环境。丈夫在南渡途中身亡，如今无人相伴，孤独冷清，心中倍感凄愁。开头连用三个叠句，抒发词人心中的感伤与痛苦。晚来风急，薄酒难抵风寒；一只大雁飞过引起对丈夫的思念，心中更添伤感。

下阕写南渡后生活的孤单凄苦。昔日，"试问卷帘人，却道海棠依旧"，充满了生活的温馨与乐趣；今日，"守着窗儿，独自怎生得黑？"那么孤单、寂寞、凄凉。昔日，"东篱把酒黄昏后，有暗香盈袖"，文苑雅事，无比温馨；今日，"满地黄花堆积，憔悴损、如今有谁堪摘"。黄昏后的梧桐细雨，如叙如诉，这种由于中原丧失所带来的国难家灾，是一个"愁"字能表达出来的吗？

对大众的深切同情，对苦难的严肃感受，是词人创作的特色。人生遭遇、历史变故，被作为永恒的主题，反复被描写着、咏叹着。

六七　武陵春 春晚

风住尘香花已尽，日晚倦梳头。物是人非事事休，欲语泪先流。　闻说双溪春尚好，也拟泛轻舟。只恐双溪舴艋舟，载不动、许多愁。

赏析

这首词是作者避乱金华时所作，时年五十三岁。

词人于少女时期就喜欢泛舟："常记溪亭日暮，沉醉不知归路，兴尽晚回舟，误入藕花深处。争渡，争渡，惊起一滩鸥鹭。"这阕小令生动展现了一个少女无忧无虑的情怀。而现在，词人历经磨难，一只小舟已经载不动太多的感伤，太多的惆怅，太多的忧虑，怎能不让人"欲语泪先流"？

"载不动、许多愁"，化虚为实，即事抒怀，形象生动地表达了词人的深沉哀怨之情，这是经历了动乱时期后从社会到个人的苍凉喟叹。国难家灾，生离死别，人生有太多的哀伤与不幸。落花无语，溪水有声，诉说着人世间无数的风云突变。历史从来不是在温情脉脉中移步，而常常在刀光剑影中生变。民生凋敝、社会苦难之际，文艺创作所抒发的主要内容是因家国兴亡带来的极为浓烈的悲痛感伤。

岳 飞

岳飞（1103～1141），字鹏举，河南汤阴人。岳母刺字，家贫好学。南宋抗金名将，官至枢密副使。由于力主北伐，被秦桧以莫须有罪名杀害，时年三十九岁。

六八　满江红 写怀

怒发冲冠,凭栏处、潇潇雨歇。抬望眼、仰天长啸,壮怀激烈。三十功名尘与土,八千里路云和月。莫等闲、白了少年头,空悲切。　　靖康耻,犹未雪。臣子恨,何时灭。驾长车踏破,贺兰山缺。壮志饥餐胡虏肉,笑谈渴饮匈奴血。待从头、收拾旧山河,朝天阙。

赏析

这首《满江红》是一首传诵千古的爱国主义名篇。

上阕头三句,首先营造一个"潇潇雨歇"的氛围。

风雨喻社会冲突与矛盾。凭栏远眺,看到祖国大好河山,想到中原尚未收复,不禁怒发冲冠。继而"仰天长啸",抒发报国情怀。接着,视三十年功名轻如尘土,对比"八千里路云和月"宏伟壮志。"莫等闲"三句,是对自己与后人的激励与期待。

下阕连排"靖康耻,犹未雪;臣子恨,何时灭"。以抒写雪耻复仇的豪情壮志。"驾长车踏破"等句写杀敌报国的决心。"待从头、收拾旧山河,朝天阙",抒写对收复河山充满必胜的信念。

人生短促,转瞬即逝。岳飞警示后人"莫等闲、白了少年头,空悲切"。历代儒家知识分子没有去追求超越时间的永恒,而是把人生放在当下即得的时间中。他们在自己的人生中,力争进取,不负年华,建功立业,自强不息。

从岳飞"莫等闲、白了少年头,空悲切"到毛泽东"多少事,从来急,天地转,光阴迫。一万年太久,只争朝夕"。词人们使传统的时间情感化,加重了生死感受和人性自觉的份量。它使一代又一代知识分子吟诵着它，品味着它，践行着它。他们把自己与安邦定国、拯救社会的宏志联系在一起，严肃的使命感与人生责任感成为他们生命的动力。他们不再沉重地喟叹人生无常、生命短促，而是肩负起振兴中华的历史重任。

陆　游

陆游（1125～1210），字务观，号放翁，越州山阴（今浙江绍兴）人，赐进士出身。其出生第二年，金兵攻占汴京，随父陆宰逃亡，后到老家。陆游从小接受父亲的爱国主义教育，主张抗金。但受到主降派攻击，多次被罢黜，后还乡闲居，前后达二十年。有《剑南诗稿》《老学庵笔记》《放翁长短句》等。

六九　卜算子 咏梅

驿外断桥边,寂寞开无主。已是黄昏独自愁,更著风和雨。　无意苦争春,一任群芳妒。零落成泥碾作尘,只有香如故。

赏析

这是一首咏梅词。陆游以梅花自喻。"风和雨"抒写他接连受到排斥打击的恶劣政治环境。"零落成泥碾作尘",概括了他二十多年罢官闲居的遭遇。"只有香如故",抒发了他在主和派的打击下的坚强意志与道德操守。在与主和派的斗争中,他没有追随漆园高风,在庄老道家中取得安身,依旧坚守着儒家传统,他让正气凝聚为生命的力量。"只有香如故"是感情的抒发,更是理性的宣告。它让人们感受到词人在社会践行中的兀傲形象。

范成大

范成大(1126～1193),字致能,号石湖居士,吴郡(今江苏苏州)人。范成大走过了一条由野而仕、由农而朝的艰辛之路。其父进士,但家境贫寒,范成大二十九岁才中进士。乾道六年(1170)他出使金国,全节而归。中年后,他在政治上取得高位,晚年退居石湖。他继承了白居易的现实主义精神,晚年写了《四时田野杂兴》六十首和《石湖词》。

七〇　蝶恋花

春涨一篙添水面,芳草鹅儿,绿满微风岸。画舫夷犹湾百转,横塘塔近依前远。　　江国多寒农事晚,村北村南,谷雨才耕遍。秀麦连冈桑叶贱,看看尝面收新茧。

赏析

这首《蝶恋花》描写了水乡景色。

上阕写春天来了,河中水面又增添了一篙深,两岸一片绿茵,水草中有鹅儿栖身。美丽的画舫在水面漂游,横塘塔依旧在前方挺立。

下阕写由于天气寒冷，农事较晚，谷雨前后，才耕种一遍。现在丰收在望，连冈的秀麦，满树的桑叶，待收的新茧，待尝的新面，一派丰收景象。歌颂了劳动，描写了农村的美好景色。

对生活的留心观察，是范成大文艺创作的成功之路。而其对田园生活的描述，也洋溢着词人热爱生活的激情。

辛弃疾

辛弃疾（1140～1207），字幼安，号稼轩，历城（今山东济南）人。他二十一岁时参加抗金义军。南归后，历任江阴签判，累官建康府通判、滁州知州、荆湖北路安抚使、江南西路安抚使等。其间，他曾上书朝廷北伐均不被采纳，反而被弹劾落职、弃而不用。后落职闲居在江西上饶带湖、瓢湖过着隐居生活。一生怀报国之志，而壮志未酬。他是豪放派词人，有《稼轩词》传世。

七一　菩萨蛮 书江西造口壁

郁孤台下清江水,中间多少行人泪。西北望长安,可怜无数山。　青山遮不住,毕竟东流去。江晚正愁余,山深闻鹧鸪。

赏析

辛弃疾是一个心中有政治抱负的人。他看到郁孤台下的清江水,首先便联想到有无数逃亡之人流下的辛酸泪。举目遥望"长安"(指汴京),关心着国家何时才能统一,而视线却被群山阻隔。尽管主和派对他排斥打击,阻止他实现恢复中原的理想,但他始终坚信"青山遮不住,毕竟东流去"的理想信念,实现统一中原的大业是阻挡不住的。"江晚正愁余,山深闻鹧鸪。"傍晚的江畔,词人的愁绪正在涌起,而鹧鸪的叫声更增添了心中的愁情。面对偏安一隅的南宋王朝,这首《菩萨蛮》抒发了词人岁月流逝、报国无门的惆怅。

七二　摸鱼儿

淳熙己亥，自湖北漕移湖南，同官王正之置酒小山亭，为赋

更能消、几番风雨，匆匆春又归去。惜春长怕花开早，何况落红无数。春且住！见说道、天涯芳草无归路。怨春不语，算只有殷勤，画檐珠网，尽日惹飞絮。　　长门事，准拟佳期又误，蛾眉曾有人妒。千金纵买相如赋，脉脉此情谁诉？君莫舞！君不见、玉环飞燕皆尘土。闲愁最苦！休去倚危阑，斜阳正在，烟柳断肠处。

赏析

本词惜春抒怀。上阕首句"更能消几番风雨,匆匆春又归去",隐含"风雨"人生,"匆匆"而去,本该有所作为。接着惋惜春逝,只见落红无数,天涯芳草,画檐蛛网。自己已不是自在飞花,而是网内飞絮,身不由己,报国无门,壮志难酬。

下阕借美人失宠,喻自身遭遇,抒人生之慨:"闲愁最苦!"

辛弃疾南归后,不断上书朝廷,均不被采用。他在平庸的生活中,消磨着宝贵的年华。南宋朝廷不但不能任用他以恢复中原,反而在他四十二岁时,弃置其不用达二十年之久,这是辛弃疾精神上最大的苦闷。辛弃疾在这首《摸鱼儿》中,抒发了精神上的最大怨愤。

"闲愁最苦!"这是献身报国无门的呐喊,是壮志未酬的倾诉。

七三　青玉案 元夕

东风夜放花千树，更吹落、星如雨。宝马雕车香满路。凤箫声动，玉壶光转，一夜鱼龙舞。　　蛾儿雪柳黄金缕，笑语盈盈暗香去。众里寻他千百度，蓦然回首，那人却在，灯火阑珊处。

赏　析

这首《青玉案》是辛弃疾的名篇，写元宵夜观灯寻人。

上阕写元宵夜烟花盛况。"花千树""星如雨"写烟花之灿烂。"宝马雕车香满路"，写观灯人之多。

"一夜"写烟花时间之长。

下阕写寻找心仪的女子。首两句"蛾儿雪柳黄金缕,笑语盈盈暗香去",众多观灯女子中,没有词人要寻找之"那人"。"众里",指寻找过的地方之多。"千百度",指寻找之久、之苦。"那人却在,灯火阑珊处","灯火阑珊"与"花千树""星如雨"的热闹处形成对比,写"那人"之自甘寂寞,孤高不群。

词人要寻找的心中女子,不是盛装打扮的富贵女,而是一个自甘寂寞、孤高不群的知音,显示出词人精神境界的超脱。它体现的是人性的自然,是美的独立,是独特个性的追求。它表明,美表现在内在的人格精神,而不是外在的形状体貌。

"蓦然回首",这是在倾刻间的独体感受。在倾刻间,去顿悟那些语言、概念所不能表达的东西,这是一种"以神遇不以目视"的境界。

王国维认为这是成大事业、大学问者必须具有的境界，显然，这种境界的出现是以"众里寻他千百度"即长期对客观规律性的领会为前提的。

七四　鹧鸪天

鹅湖归，病起作

枕簟溪堂冷欲秋，断云依水晚来收。红莲相倚浑如醉，白鸟无言定自愁。　　书咄咄，且休休，一丘一壑也风流。不知筋力衰多少，但觉新来懒上楼。

赏　析

辛弃疾二十二岁离开中原，投身南宋，希图在江南实现恢复中原的理想。南归后，因与主和派政见不合,被弹劾罢官。这首《鹧鸪天》写在他被罢官后。

上阕写景。溪堂清冷,断云片片,红莲如醉,白鸟"自愁",一片死寂,没有激情,没有活力。白鸟"自愁",实乃词人"自愁"。

下阕抒怀。仕途坎坷的士大夫知识分子常以精神超脱自慰。苏轼以佛老思想来解脱苦闷,辛弃疾在遭遇罢官后,以古人之事来慰藉心灵。他认为古人殷浩被弃官不用后,终日用手指在空中书写"咄咄怪事",表示心中不平,不如司空图淡泊名利,建造"休休亭"。要像司空图那样,寄情山水,风流快活。但是,眼前的现实依然影响到他的心情。他已经不是当年"少年不知愁滋味,爱上层楼",而是"不知筋力衰多少,但觉新来懒上楼"了,充分抒发了他壮志未酬的苍凉与无奈。

姜　夔

姜夔(1155～1221)，字尧章，号白石，江西鄱阳人。他屡次应考都未考中，终身布衣，一生甘心过寂寞清贫的生活。著有《白石道人歌曲》。南宋后期，金人内乱，无瑕南下牧马；南宋习于偏安，社会生活出现一个安闲享乐的时期。在词的创作上，豪放派的作品较少，雕琢词藻，讲求声律，抒发离情别绪的婉约词多了起来。姜夔、吴文英是这一时期的代表。

七五　暗香

辛亥之冬，予载雪诣石湖。止既月，授简索句，且征新声。作此两曲，石湖把玩不已，使工妓肄习之，音节谐婉，乃名之曰《暗香》《疏影》

旧时月色，算几番照我，梅边吹笛？唤起玉人，不管清寒与攀摘。何逊而今渐老，都忘却、春风词笔。但怪得、竹外疏花，香冷入瑶席。　　江国，正寂寂。叹寄与路遥，夜雪初积。翠尊易泣，红萼无言耿相忆：长记曾携手处，千树压、西湖寒碧。又片片吹尽也，几时见得？

赏析

这篇《暗香》，句句不离梅花，事事关联人生。

上阕由回忆转入现实。首句"旧时月色"，点明往事：那时，与玉人于月夜梅下吹笛、摘花，多么温馨。接着转入现实，自叹年老才衰，又恰逢梅花此时入席，令人联想，空惹惆怅。

下阕由现实转往事回忆。江南梅花盛开，想寄梅花给远方玉人，偏遇路遥积雪，此情此景，杯中酒也同情落泪，室外红梅无言相忆。然后，回忆昔日在西湖携手观梅之快乐。然梅花终归落尽，几时又能见到？

全文即景忆已、忆人、忆事。流去的是岁月，留下的是回忆。回忆是一种情节，一种韵味，一种温馨。而现实则是"翠尊易泣""红萼无言"。结尾"片片吹尽"，感慨人生无常。

七六　疏影

　　苔枝缀玉，有翠禽小小，枝上同宿。客里相逢，篱角黄昏，无言自倚修竹。昭君不惯胡沙远，但暗忆、江南江北。想佩环、月夜归来，化作此花幽独。　　犹记深宫旧事，那人正睡里，飞近蛾绿。莫似春风，不管盈盈，早与安排金屋。还教一片随波去，又却怨、玉龙哀曲。等恁时，重觅幽香，已入小窗横幅。

赏析

　　词多比兴。《疏影》除用"苔枝缀玉""无言自倚修竹"写梅花之高洁、孤傲外，其余则化用故事，别有所寓。

上阕写梅花是昭君"月夜归来,化作此花",由昭君引出"暗忆江南江北"。"江南江北",似有所指,寓不忘收复中原。

下阕"犹记深宫旧事",字面上提及寿阳公主,但深宫旧事何止一件?让人联想起徽、钦宫中被掳,寄寓莫忘靖康之耻。

词人一再咏叹"莫似春风,不管盈盈",提醒人们不要让梅花随风飘落而弃之不管。词人作此曲时,金人入侵中原已经六十年,主和派偏安江南,无所作为,词人联类兴感,暗寓家国今昔之慨。

七七　长亭怨慢

予颇喜自制曲，初率意为长短句，然后协以律，故前后阕多不同。桓大司马云："昔年种柳，依依汉南。今看摇落，凄怆江潭。树犹如此，人何以堪。"此语予深爱之

渐吹尽、枝头香絮。是处人家，绿深门户。远浦萦回，暮帆零乱向何许。阅人多矣，谁得似长亭树。树若有情时，不会得、青青如此。　　日暮，望高城不见，只见乱山无数。韦郎去也，怎忘得、玉环分付。第一是、早早归来，怕红萼、无人为主。算空有并刀，难剪离愁千缕。

赏 析

词前有序，决非闲笔，它点明本文内容与柳有关。首句"渐吹尽，枝头香絮"以柳起兴。"长亭树"即柳树。"长亭"，古代折柳送别的地方。

上阕看到柳下人家，河中暮帆零乱，勾起自己当年乘舟远行的怀想。折柳送别，柳树经得多了。别离促人老，柳树若有情，不会年年都这样青翠。

下阕回忆昔日乘舟远去。天已黄昏，望不见佳人居住的高城，只见乱山无数，心情茫然失落。但心中不忘她临别叮嘱：第一要早早归来，免得让她独自在家，无人作主。现在看到暮帆，却欲归不能，怎能不产生千缕离愁。"算空有并刀，难剪离愁千缕"，化虚为实，抒发了心中的无奈与惆怅。

离情别绪，缠绵婉曲。虽缺乏深刻的社会内容，却抒发了人性中的真、善、美，让人心醉动怀。

吴文英

吴文英（1212～1274），字君特，号梦窗，浙江省宁波人。终身未做官，以游幕为生。其词受到清末评论家推荐。著有《梦窗甲乙丙丁稿》。

七八　浣溪沙 春情

门隔花深梦旧游，夕阳无语燕归愁。玉纤香动小帘钩。　　落絮无声春堕泪，行云有影月含羞。东风临夜冷于秋。

赏析

"阻隔"是李商隐爱情诗的艺术特点，阻隔越深，相思越浓。吴文英吸取了李商隐的表现方法，书写阻隔下的梦游相思：本是一个熟悉的小院，今晚却被一门所隔，就连夕阳也无语，归燕也生愁。只能想象出意中人掀帘而入，门外的词人，只好失望归去。

梦醒之后,词人即景生情,用"春堕泪""月含羞"抒发心中的感伤,只觉得临夜的东风比秋风更冷。正如李商隐《春雨》:"红楼隔雨相望冷,珠箔飘灯独自归。""冷"是孤独,是寂寞,是伤情。

七九　贺新郎

陪履斋先生沧浪看梅

乔木生云气，访中兴、英雄陈迹，暗追前事。战舰东风悭借便，梦断神州故里。旋小筑，吴宫闲地。华表月明归夜鹤，叹当时、花竹今如此！枝上露，溅清泪。　　遨头小簇行春队，步苍苔、寻幽别坞，问梅开未？重唱梅边新度曲，催发寒梢冻蕊。此心与东君同意。后不如今今非昔，两无言，相对沧浪水。怀此恨，寄残醉。

赏 析

靖康之后，金兵占据中原，国破家亡。爱国志士奋起抗金。韩世忠就是南宋初抗金名将。他率八千士兵与十万金兵对峙，击退金兵，取得胜利，屡立战功。但他却受秦桧排斥，退闲家居。沧浪亭，即韩世忠在苏州的别墅。这首《贺新郎》写沧浪亭观梅，追忆英雄事迹。

上阕首句"乔木生云气"，以高大乔木象征英雄事迹扎根在神州大地，滋养着民族的爱国之心。"追忆前事"，寻访英雄事迹。"旋小筑，吴宫闲地"，旋，不久。筑，指建设沧浪别墅。写英雄屡立战功，却被罢职闲居，感叹英雄报国无门。又引用丁令威化鹤归来的故事，感叹江山已非，就连枝上的露珠，也化作痛心的泪水。

下阕写观梅。先写"寻幽别坞，问梅开未？"点出中心事件。然后写"重唱梅边新度曲"，为的是"催发寒梢冻蕊"。期盼朝廷有所作为,万象更新。"此心与东君同意",东君,春神,指大家都是同一个希望。然而,面对"后不如今今非昔"的现实,只能"两无言,相对沧浪水",连河水也无声。"怀此恨,寄残醉",抒发伤时忧国之慨。

八〇　唐多令

何处合成愁，离人心上秋。纵芭蕉、不雨也飕飕。都道晚凉天气好，有明月、怕登楼。　　年事梦中休，花空烟水流。燕辞归、客尚淹留。垂柳不萦裙带住，谩长是、系行舟。

赏析

这首词写游子的归思。

首句点出离人心中有愁（心上秋）。秋高气爽的黄昏，院内的芭蕉发出轻微的秋声。一轮明月当空，词人却不忍登楼远眺，因为"不忍登高临远，望故乡渺邈,归思难收"。

往事如梦,岁月如水。佳人曾经来过,只怪垂柳无能,系不住佳人的裙带,却系住了词人的行舟。燕归,人去,天各一方,备感孤独。

芭蕉、明月、黄昏、垂柳、飞去的归燕,滞留的行舟,涂上细腻的感情色彩,创造出忧伤的氛围,表达出淡淡的哀愁。

结束语

每当我阅读优秀的古典文艺作品时,心中不免升起感恩之情。两千年以来,以儒家文化为主体的华夏美学的基本精神,形成了共同的文化心理。于是,优秀的古典文化,其审美趣味、艺术风格,绵延不断,受到今天读者的喜爱,并因读之而满足与愉悦,从而增强了对生活中是非、美丑的判断能力。

马克思主义的文艺观告诉我们,在分析与鉴赏文艺作品时,不能忘掉一切文学作品都是时代的产物,即使是优秀的古典文学作品,也逃不脱时代与阶级的局限。我们继承优秀的古代遗产,是为了吸取精华,决不是全盘接受。

宋词是我国古代文学中的瑰宝,从题材到创作都是经过高度提炼的美的精华。同时我们还应看到,宋词中对人生、对爱情、对生活的留恋与感伤,都反映了一个时代人的立场与观点。

自从词由"雕虫小技""不足道也"成为独树一帜的文学形式,随着社会的发展,词作者及其创作,从风格到内容,已经有了巨大变化。这一变化,标志着词的创作已经执着于现实人生的广阔领域。加强现实性与时代感成为创作的自觉的努力。

附一

李商隐与词

李商隐（812～858），字义山，号玉溪生、樊南生，今河南博爱人。他是晚唐诗人，但与词的形成有密切关系。

李商隐十六岁写《才论》《圣论》，天平军节度使令狐楚爱李商隐少年才俊，收在门下，让他与独生子令狐绹同窗共读，并亲自传授李商隐今文章奏的写作技巧，李商隐也自称是令狐楚的传衣弟子。

开成二年（837），李商隐二十六岁，此时，令狐绹已经当上了左拾遗。在令狐父子奥援下，李商隐进士及第。当年冬，令狐楚卒。

晚唐时期，宦官专权，党争激烈。一派以牛僧孺为首，一派以李德裕为首，史称"牛李党争"。开成三年，李商隐赴泾元节度使王茂元幕府，并娶王的女儿为妻。因为令狐家是牛党要员，王家是李党要员，令狐绹认为李商隐忘家恩，遂对其深恶痛绝。李商隐从此陷入党争漩涡，一生不得脱身。

现实生活的坎坷，带来审美趣味的变异，使他把伤感变成一种美。他把审美眼光放在日常生活的兴致上，放在主观意绪上，将抒发情怀意绪作为创作的主题。一生的失意、潦倒形成了他的"无题诗"凄凉、伤感的基调。色彩浓艳、情致婉曲，是李商隐诗的艺术特点。李商隐的诗歌，对词的形成产生了深刻的影响：

1. 婉曲抒情成为词人的基本方法。

2. 日常生活成为词人的基本题材。

3. 闺怨闲愁、离情别绪成为词的主要内容。

4. 官能感受与春风词笔成为词人的共同追求。

李商隐是一个风流才俊，也是一个感情丰富的人。从天上的仙女到人间的女冠，从贵家的姬妾到红楼的歌妓，都有他的情人和相知。他入圣女祠，看到圣女穿着极薄而半透明的衣服，便想入非非。学道时，看到漂亮的女冠便萌生恋情。《曼倩辞》写自己与女冠中的旧情人七夕相见的喜悦之情，《无题》（昨夜星辰昨夜风）则写与一位贵家女子一夕相爱，旋即分离，虽不能结为夫妻，却心心相印。《夜意》与《无题》（来是空言去绝踪）中的"枕冷被仍香""麝熏微度绣芙蓉"写梦中与情人相欢，醒来后，仿佛被窝里仍有情人留下的余香。《如有》写与所爱女子"良宵一寸艳"的如梦艳情，《暮秋独游曲江》写对情人的伤悼，"深知身在情长在"与《无题》（相见时难别亦难）中的"春蚕到死丝方尽，蜡炬成灰泪始干"，同为对情人表达至死不变的爱心。《袜》写企盼相思之人快来相会，《昨日》写与意中人小会遽别。《东南》写对情人的思念之情，

《板桥小别》写与所恋女子离别之绪。而《偶题二首》中的"小亭闲眠微醉消,山榴海柏枝相交。水纹簟上琥珀枕,傍有堕钗双翠翘",则写与烟花柳巷女子的风流艳事。(见拙著《李商隐诗歌警句点评》附录《从"同时不同类"到"疑误有新知"》)

词以婉约为正宗,可以说,婉约词是从李商隐艳体诗中化出来的。

附二

温庭筠与词

词是唐代可歌的新声。"琵琶起舞换新声,总是关山旧别情。撩乱边愁听不尽,高高秋月照长城。""新声"(音乐)是它的形式,绝句是它的内容。在演唱时,配合音乐的节拍,固定的五、七言句式,逐渐不能适应歌曲的曲折起伏,不能配合歌童舞女的翩翩起舞,后来的写词者就直接写成长短句,很自然地变诗为词,形成了一个新体制。长短句是从音乐歌舞而来,爱音乐、懂旋律的温庭筠,成为词的重要创始人。

温庭筠(812~870),山西太原人,在晚唐与李商隐齐名,号称"温李"。他的祖父温彦博曾任唐初宰相。由于他沉迷酒色，虽出身富贵，却屡试不第。《唐书》说他"士行杂尘，不修边幅，能逐弦吹之音，为侧艳之词"。

温庭筠之前，已经有人写词，如李白写有《菩萨蛮》《忆秦娥》等，为什么独尊温庭筠为词的创始人？原因就是只有温庭筠一生致力于写词，使词成为代表一个时期的崭新文体。温庭筠是词坛上第一位大作家，只有温庭筠的词才是词人写的词。打破五言诗七言诗的旧形式，开辟出新的长短句，是温庭筠的贡献。

《全唐诗》载李白词十四首，载温庭筠的词有五十九首，标志着新兴的词已经成为独树一帜的新体文学。

温庭筠的词以绮靡侧艳为主格，所谓花间派、婉约派，实以他为宗主。

温庭筠的词专以女人相思为主要写作内容。如《望江南》：

梳洗罢，独倚望江楼。过尽千帆皆不是，斜晖脉脉水悠悠。肠断白蘋洲。

全词把"闺思"写得缠绵悱恻，婉曲动人。从早上梳洗罢，就倚楼眺望心中的游子归来，但是过尽千帆都不是，使人想起柳永的词："想佳人妆楼颙望，误几回天际识归舟"。柳词的构思可能源于此《望江南》。这里已经不是"误几回天际识归舟"，而是"过尽千帆皆不是"了。情深深，意绵绵，水悠悠……剪不断的相思又回到当初相约会的地方。

由于他专以闺情为主要写作内容，故境界狭窄。

附三

小令忆梦

一　如梦令 红楼

古城春风杨柳，黄河涛声依旧。一九五七年，我的大学红楼。红楼，红楼，梦里风雨行舟。

二　浪淘沙 寻梦

燕声又呢喃，斜风细雨，如画水帘掛房檐。饮茶窗前听雨声,浮想联翩。　寻梦春烂漫，同学少年，别时容易见时难。多少旧事成追忆，花明柳暗。

三　采桑子 回首

昨日欣逢同窗友，都已白头，都已白头，笑语悲歌话暮秋。　抽刀难断东流水，岁月如舟，岁月如舟，回首烟波风雨楼。

四　菩萨蛮 杏坛

经风经雨红烂漫，我以我心荐杏坛。奋力苦登攀，笔下是崇山。　亲授县学子，金榜省状元。岁月恍若梦，缤纷梅香园。

五　清平乐 花季

书声朗朗，庭院小轩窗。草长莺飞春如酒，朝霞醉了海棠。　春风娓娓叙讲，汗水酿造芬芳。岁岁都有花季，花香更有书香。

六　采桑子 故里

商隐故里山水美，锦绣郲城，诗家兴会，琴瑟声中百鸟飞。　雨露滋润丹河水，涛声如歌，春光明媚，怀州河内万花蕾。

按：一九九八年，国庆节期间，中国李商隐研究会第四届年会在李商隐故里博爱县城清化（古郲城）召开。

七　鹊桥仙 岁月

田田风荷，粼粼碧波，绿了心中春色。枕边闲籍杏花雨，杯中水酒壮士歌。　云窗雾阁，柳絮梅萼，转眼岁月蹉跎。一宵冷雨青梧老，半日秋风黄叶多。

三　采桑子 回首

昨日欣逢同窗友,都已白头,都已白头,笑语悲歌话暮秋。　抽刀难断东流水,岁月如舟,岁月如舟,回首烟波风雨楼。

四　菩萨蛮 杏坛

经风经雨红烂漫,我以我心荐杏坛。奋力苦登攀,笔下是崇山。　亲授县学子,金榜省状元。岁月恍若梦,缤纷梅香园。

五　清平乐 花季

书声朗朗,庭院小轩窗。草长莺飞春如酒,朝霞醉了海棠。　春风娓娓叙讲,汗水酿造芬芳。岁岁都有花季,花香更有书香。

六　采桑子 故里

商隐故里山水美，锦绣郊城，诗家兴会，琴瑟声中百鸟飞。　　雨露滋润丹河水，涛声如歌，春光明媚，怀州河内万花蕾。

按：一九九八年，国庆节期间，中国李商隐研究会第四届年会在李商隐故里博爱县城清化（古郊城）召开。

七　鹊桥仙 岁月

田田风荷，粼粼碧波，绿了心中春色。枕边闲籍杏花雨，杯中水酒壮士歌。　　云窗雾阁，柳絮梅萼，转眼岁月蹉跎。一宵冷雨青梧老，半日秋风黄叶多。